아득한 사랑의 거리였을까
박남희

이제껏
나를 만나야 할 때가
언제인지도 모르고 살아왔다

이제는
나를 버려야 할 때인 것만 같은데
아무리 둘러보아도
버려질 내가 보이지 않는다

만나지도
버리지도 못하는 것
그러면서 끝없이
그리워하는 것

그것이 시일까?

2019년 8월
박남희

아득한 사랑의 거리였을까

차례

2부 청중을 들이는 시간

3부 화조도

4부 테두리로 본다는 것

해설

1부

환유 악기점

깡통 익투스

통조림을 열다가 물고기의 새로운 음모를 발견한
다 머리를 버리고 꼬리도 버리고 몸통 하나로 헤엄치
는 법, 그것도 헤엄쳐서 사람들의 몸을 온통 바다로
만드는 법

그렇게 그렇게
머리와 꼬리는 생각나지 않게 하는 법

나는 통조림을 따서 먹다가 창세기와 요한계시록
이 없는 성서를 가둔 깡통의 부패하지 않는 율법을
생각하다가 물고기의 새로운 별을 발견한다 그 별의
이름은 깡통 익투스 $IX\Theta Y\Sigma^{*}$

물고기가 수만 킬로의 길을 헤엄쳐 온 바다가 우
리의 몸으로 연결되어 있다는 사실이 홀연히 다가
와, 내 몸 어딘가에 있을 수많은 깡통이 느껴졌다

머리와 꼬리는 잃어버리고

몸통의 달콤한 육질만으로 가득 찬 세계

어느 순간, 텅 비어버릴 깡통들로 가득 찬 내 몸이
문득, 깜깜한 남쪽 밤하늘의 오래된 물고기자리로
꿈틀거린다

*익투스 $IX\theta r\Sigma$. 그리스어로 '물고기'라는 뜻이다. 초기 기독
교 신자들이 비밀스럽게 사용했다고 전해지는 기독교의 상징으
로 두 개의 곡선을 겹쳐 만든 물고기 모양을 하고 있다.

저녁을 슬쩍 밀면

저녁은 부르지 않아도 온다
내가 원하지 않는 것이나
내가 모르는 것까지 거느리고

나에게 오지 않는 듯
내게로 온다

저 저녁을 군단이라고 불러야 하나
망각이라고 불러야 하나

싸움은 부르지 않아도 온다
망각을 데리고 온다

꽃의 표정에 물들지 않은 것은 없다
꽃의 치사량에 가까이 가본 계절은 없다

꽃을 보내고
그냥 마음이 말없이 어둑해져

오지 마,
저녁을 슬쩍 밀면
그 뒤에 숨어 있던 꽃이 슬쩍 밀린다

이장 移葬

혀가 빠져나간 입

무언가
말할 듯 말하지 못한
구름

그 아래
어디서 한없이 헤매다 돌아온 것 같은
뼈 하나, 뼈 둘

이사를 간다
바람을 버리고
살을 버리고

또 다른 바람을 찾아 살을 찾아
물을 찾아
소리를 찾아
봉긋한 이정표 하나 세운다

새가 울고
뼈가 울고

물이 흐르고,

새로 생긴 둥근 어둠이
혀를 생각한다

꼬리표

내 양복의 안쪽에는 꼬리표가 붙어 있다
신미영이라는 아내의 이름이 나를
한나절 넘게 따라다녔다

아내가 세탁소에 맡겼던 양복에 꼬리표가 붙은
줄도 모르고
나는 아름다운 스타킹을 따라서 계단을 오르기
도 하고
가슴골이 훤히 보이는, 덜컹거리는 브래지어 옆
좌석에 앉아서
책을 읽기도 했다
아마도 아내는 내 은밀한 심장 박동 소리를 들으며
시장을 가고 밥을 짓고 빨래를 했을 것이다

나는 꼬리표를 발견하고 곧 떼어버렸지만
그 후 그 꼬리표는
유성처럼 환하게 불을 밝히며 나를 따라다녔다

16

제 몸을 산화해서 만든 유성의 꼬리표
언젠가는 없어질 제 몸을 꼬리표로 만들기 위해
온몸을 허공에 불사르는 별똥별이 보였다

나는 한때, 별똥별 같은 시인이 되리라 마음먹었
지만
그동안 내 몸을 산화한 불같은 시를 한 편도 쓰지
못했다

그래도 나는 참 다행이다
쉰이 넘은 어둑한 나이까지
별똥별처럼 제 몸을 불사르며 나를 따라와
내 앞길을 환하게 비춰주는 꼬리표 하나 있으니,

환유 악기점

새를 말하려 하는 것이 아니다
시냇물을 말하려는 것도 아니다

새가 날아간 자리
시냇물이 흘러간 자리에 핀
꽃을 말하려는 것이 아니다

꽃이 시들어 떨어진 자리에 기어가는
개미를 말하려는 것이 아니다
개미의 행렬을 따라가다가 만나는
노을을 말하려는 것이 아니다

새가 날아가고 꽃이 진 자리에도 끝끝내 남아
소리의 행방을 찾고 있는 그늘을 말하려는 것이다
조금 더 솔직히 말하면
그 그늘의 주인을 말하려는 것이다

이곳의 악기점엔 주인이 따로 없다 주인이 악기이

고 악기점이다
　　온몸에 소리를 숨기고 울음을 참아온 구름에게도
동무가 있다면
　　그 동무도 악기점이다

　　푸름을 떠받치는 것이 그늘이다
　　그늘이 자라야 푸름이 무성해진다
　　악기를 켜는 일은 그늘 속의 소리를 찾는 일이다
　　그늘 속에서 오랫동안 잊고 산
　　어머니의 울음소리를 찾는 일이다

　　푸르다는 것은 그늘의 울음을 잊지 않는 것이다
　　그늘 속의 환유를 찾아 그 울음을 키우는 일이다
　　그리하여 울음 속으로 끝없이 미끄러지는 일이다

잃어버린 눈을 찾아서

폭풍을 가장한 저 고요를 어찌할 것인가
고요를 가장한 저 폭풍을 어찌할 것인가

눈도 하필이면 외눈이어서
잃어버린 눈을 찾아다니는
저 태풍의 눈

습기를 머금어야 소용돌이라도 길이 되고
습기를 토해내야 소용돌이 발걸음으로라도
고요에 이르는,

저 끝없는 갈증,
저 폭풍 속의 고요를 어찌할 것인가

눈과 눈이 마주치면 번개가 되던
황홀의 밖,
무덤을 생각한다

돋보기처럼 눈알만 봉긋하게 부푼
저 그리움의 시간을 어찌할 것인가

물의 심리학

시냇물은 흘러서 불안하다 하늘에는 은하가 흐르기 때문이다 별을 매달고 별을 버리며 시냇물은 흘러서 불안해진다 한 곳으로 모은다는 것 모아서 흐르게 한다는 것의 불안을 어둠은 모른다 하늘과 땅을 뒤집으면 은하가 시냇물이 되고 시냇물이 은하가 되리라는 상상으로 어둠은 깊어진다 어둠은 안팎이 따로 없다 세상에 대하여 흑백논리나 불안을 가장하지 않는다

시냇물은 어둠 반대쪽으로 흘러서 불안하다 어둠 반대쪽에 빛이 있다는 착각으로 불안하다 그러다 돌연 방향을 틀어 빛의 반대쪽으로 흐를까 불안하다 사실 시냇물에게 빛과 어둠은 경사傾斜도 명암明暗도 아니다 시냇물은 다만 어디론가 흐를 뿐이다

가난은 가난 쪽으로 흐른다 이상한 시냇물이다 가난끼리 뭉쳐서 별이 된다 은하가 된다 그 양옆에 만날 수 없는 견우와 직녀 하나씩을 둔다 그리고 온몸

으로 아프게 반짝여 강이 된다

그 강에 오늘도 누군가 투신을 한다

끈을 이해하기 위하여

내 몸에서 풀려나간 끈이 보이지 않는다

끈을 이해하기 위하여
잡아당긴다, 구름을
흩어질 줄 알면서 목마른 풀의 몸짓으로

햇살이 끌려온다 구름이 제 몸을 찢어
눈부신 속살을 던진다

구름과 햇살 사이에서 눈이 먼 것들이
일제히 바람에 흔들린다
끈 때문이다

나도 흔들린다 끈을 잡아당기며
그러다 스르르 바람에게 끌려간다

바람은 힘이 세다 미쳤으므로
미치지 않은 것들을 온통 흔들어

꽃이 피게 한다

구름이 스스로 몸을 찢은 건 그 때문이다
구름이 감추고 있던 것은 꽃이다
꽃이 나를 잡아당긴다

끈은 점점 팽팽해진다
내 몸이 점점 뜨거워진다
안에서 천둥소리가 자란다

비가 오는 건 바람을 잠재우기 위함이 아니다
꽃은 늘 위험하다
끈은 아직 끊어지지 않았으므로,

나를 버릴 수 없어서

내 몸에서 옷을 버린다
구두를 버린다
머리카락을 버린다

한 차례 비가 내리고 나를 버릴 수 없어서

여름을 버리고
뒤집힌 우산을 버리고
무너진 담벼락을 버린다

내가 버린 것들이 혹시 나일까 생각하다가

복잡한 생각을 버리고
저 혼자 외연을 넓히던 상상력을 버리고

혹시 내가 버린 것들로부터 내가 버려진 것은
아닐까
생각하면서

벽에 걸린 뾰족한 초침의 눈빛을 버리고
그 초침에 찔리고 싶어 하는 시간을 버리고
그 시간 속에 갇혀 있던 조바심을 버리고

그러고도 나를 끝끝내 버릴 수 없어서
어디론가 뻗어가고 싶어 하는 강 하나 남겨둔다

그 강의 출렁이는 물살을 버리면
나를 아주 다 버리는 것 같아서,

루빈의 잔

너와 나 사이에 잔이 있다
그 속에 무엇이 들어 있는지 알지 못한다
다만 잔과 우리 사이에는 명암이 존재한다

누군가 잔에 무엇인가를 채우고 간다
잔을 볼 수 없고 우리만 보인다
명과 암, 전경과 배경의 이중성이
우리의 눈을 속이고 있다

우리를 버릴 때 잔은 보인다
잔은 우리에게 무엇인가
잔 속에 든 것은 우리의 것인가
잔은 캄캄하고 때로는 환하다
잔의 윤곽 속에 우리가 있다

우리를 자세히 보니
너와 나는 이목구비가 똑같다
너는 나이고 나는 너인가

너와 나 사이에 보이지 않는 거울이 존재하는가
잔 속에 가득 채워진 것은 거울인가

누군가 거울 속의 너를 시인이라고 부른다
그러면 나도 시인이 된다
누군가 너와 나의 윤곽을 보고 있다
잔의 이미지를 읽고 있다

지금까지 우리가 소망하던 것은 잔인가
우리가 마주 보아야 존재하는 저 잔,
어쩌면 신비스러운 말이 가득 들어 있을지도 모르는
저 잔을 들어 마실 손이 보이지 않는다

모노산달로스

신발 한 짝을 잃어버린 꿈을 꾸었다
신발을 찾지 못하고 꿈을 깨고 나니
신발의 상징이 더욱 궁금해졌다

신이 발을 버린 것이 신발이다
신은 버려져서 버려진 것들을 좇는다

버려진 신발의 문제는
쓰레기통의 문제가 아니다
길의 문제이고 몸의 문제이고 생각의 문제이다

신발이 길을 버리는 것은 몸을 버리는 것이다
버려진 신발은 버려진 생각이다
신발이 생각으로 이루어져 있다는 것은 오래된 비
밀이다
신발이 길의 운명을 만든다

나는 그다음 날도 꿈속을 뒤졌지만

잃어버린 신발 한 짝을 끝내 찾지 못했다
내 신은 이미 짝짝이이다
잃어버린 길과 잃어버린 몸이 욱신욱신 아파왔다
잃어버린 생각이 신을 찾아 나선다

생각해보면
지금까지 너무 많은 발이 신을 버렸다

허공을 다른 말로 말하면

시는 완성되었을 때 시인을 떠나지
자신이 얼마나 불완전한 존재인지도 모르고
시인을 버리지

시인의 고정관념을 버리고
시인의 논리를 버리고
시인의 눈물을 버리지

버리고 버리고 더 이상 버릴 것이 남아 있지 않을 때

시는 바람에게 구름에게 새로운 말을 걸지
아무도 알아들을 수 없는 방언으로
잊힌 시인을 호명하듯
새들에게 절벽에게 말을 걸지

시인이 아주 보이지 않을 때
시는 비로소 자신의 불완전함을 깨닫고
스스로 시인을 찾아 나서지

시인의 눈물이나 논리의 반대 방향으로
새로운 말의 질서를 찾아 나서지

거꾸로 말해도 바로 들을 수 있는 귀와
그림자로 말해도 실체를 볼 수 있는 눈과
점자로도 눈물을 읽어낼 수 있는 손톱을
이리저리 찾아 나서지

그게 허공이라는 거야
종종 환청이 혼잣말을 하지만

날개는 완성되었다고 생각될 때 나무를 떠나지
자신이 얼마나 불완전한 존재인지도 모르고
나무의 둥지를 버리지
둥지가 자라서 왜 울음이 되는지
새 속에 왜 시가 들어 있는지도 모른 채
허공에 뾰족한 생각의 부리를 묻지

외로움의 전략

이제 모처럼 외로워 볼까 근원을 잃어버린 강물처럼 최초의 물방울 소리도 잊어버리고 어디론가 혼자 흘러가 볼까 그동안 내가 만났던 외로움은 외로움이 아니야 먼 우주를 바라봐 망망한 우주를 혼자 떠도는 무수한 별들을 좀 봐 북두칠성이나 오리온자리처럼 별자리를 이루고 있는 별들도 서로 수십 광년씩 떨어져 있어서 여전히 외로운 거야

외로움이 별자리를 만드는 거야 외로움은 쉽게 해소해버리는 것이 아니야 외로움으로 반짝이는 별자리가 아름다운 거야 강물도 별들도 저만의 외로움이 있어 유구한 거야 외로움이 오롯한 존재를 만드는 거야 풀잎 위에 맺혀 있는 이슬방울도 외로워서 아름다운 거야

외로움에도 전략이 필요해 북두칠성처럼 서로에게 자유를 주고 스스로의 내면을 향하여 무섭게 반짝이는 전략, 강물처럼 어디론가 끝없이 흘러가는 것

도 전략이야 머물러 스며들지 않게 속도에 몸을 맡기고 출렁출렁 흘러가다 바다에 이르러 외로움의 방향을 아주 놓아버리는 전략, 바다가 깊은 건 외로움에 방향이 없기 때문이야 망망한 눈빛으로 바라보아도 알 수 없는 외로움의 방향 대신 스스로 깊어지는 법을 터득했기 때문이야

  이제 나도 모처럼 외로워 볼까,
  초생달과 바구지꽃과 짝새와 당나귀가 그러하듯이*

*백석의 시 「흰 바람벽이 있어」에서 인용.

이제는

석양을 팔아야겠습니다
기우는 것은 빨리 파는 것이 남는 것이지요
술잔을 생각하면
저녁 하늘이 붉어지는 이유를 알 것 같습니다
누가 술에 조금씩 어둠을 섞어 하늘에 버렸을까요
이제는 별을 팔아야겠습니다
벌을 받아야겠습니다
술 취한 별이 모여서 막걸리처럼 흐르는 것을 사이
에 두고
영영 벌 받기 위해
견우와 직녀가 서로를 그리워하는
하늘을 팔아야겠습니다
죽어서 말이 없는 자와
살아서 눈물 흘리는 자가 흘려보낸 시간 속
자꾸만 기울어지던 중심을
바다 깊숙이 가라앉힌 채 인양할 줄 모르는
저 석양을 팔아야겠습니다

보충 질문

강물이 흘러갑니다
질문으로 그 옆에 꽃들이 피어 있습니다
흘러가는 것과 피어 있는 것 사이에
질문이 오고 갑니다

강물이 꽃대궁이 될 수 있는지
꽃이 출렁이다 강물에 스밀 수 있는지
질문으로 바람이 그 옆을 스쳐 지나갑니다

가끔 강물이 바람 소리를 내는 이유와
꽃이 제 몸을 바람에게 맡기는 이유를
바람은 아직도 모르고 있는 모양입니다

강물이, 꽃이, 바람이 서로에게
끝없이 질문을 해도 모르는 게 너무 많아
 그 옆에서 자꾸만 보충 질문을 해대는 것이 시인
입니까

시인하라고 해도 시인할 수 없는 게 너무 많은데
시인이라는 이름을 왜 달아주었는지
누구에게 물어봐야 하는지도 몰라

보충 질문을 해도 자꾸만 보충 질문이 필요한
늙수그레한 물음표인 저는
왜 강물도 꽃도 바람도 되지 못하고
그것들을 향해 끝없이
보충 질문만 해대는 시인이 되었는지

그냥 강물이 저렇게 흐른다고
꽃이 거기에 피어 있다고
그래서 바람이 그곳을 스쳐 지나간다고
장자의 목소리를 빌려
답이 없는 시를 써도 될까요

이상에게, 김춘수에게, 김수영에게 물어도
13인의 아해도, 꽃도, 풀도 말이 없습니다

아마 저들도 서로에게 보충 질문만 하다가
그것이 그만 시가 되어버린 것이 아닐까요

질문도 답도 없고 영원히 보충 질문만 해대는 우리를
사람들은 시인이라고 부릅니다

2부

청중을 들이는 시간

순천만 갈대

안녕, 너를 어떤 바람에게 맡길 수 있겠니? 너무 쉽게 뒤집히는 계절, 뒤집혀서 또 뒤집히고 싶어 하는 바람의 계절, 강이 스스로 물든다고 누가 말했니? 울어서 저 혼자 붉어지는 저녁 강

꽃이 식어서 열매가 되는 것보다 열매 없이 떨어지는 뜨거운 꽃이 좋아, 제 형체를 공기에게 주고도 끝끝내 뜨겁게 타오르는 꽃, 가벼운 재의 마음으로도 너를 뜨겁게 보낼 수 있어서 좋아

누가 함부로 계절을 정의할 수 있을까? 계절과 계절 사이에 어디서도 들어본 적이 없는 계절이 들어와 끼어드는 이 수상한 저녁에, 비발디의 사계 속을 떠돌던 음표들이 어디론가 망명을 떠나는데,

아직 나는 너를 놓을 수 없어, 구름이 비를 선뜻 버리지 못하고 어디론가 떠도는 것처럼, 목이 쉬어 무성하게 자라는, 꿈꾸는 소리의 무덤을 버릴 순 없어

온전한 꽃도 되지 못하고, 일탈을 꿈꾸는 바람이
나 안개도 되지 못하고, 끝없는 허기에 제 몸의 소리
를 갉아 먹는, 누구도 감당할 수 없는 이 갈대를 또
누구에게 맡길 수 있겠니?

바닥이라는 나이

물속 깊이에서 별을 볼 수 없듯이
내 바닥이 안 보여
내 바닥이 아파 자꾸만 무언가 출렁거려
내 바닥이 불안해 그래서 종종 행복해

쉰이 넘은 나이를 바닥이라고 말할 수 있을까

바닥아, 나를 말할 수 있니
바닥만의 생각으로 바닥만의 몸으로
나를 지탱할 수 있니

내 그림자를 질질 끌고 어디론가 향하던 바닥이
태양이라면, 너무 뜨거운 태양이라면
나는 태양에게 말해야겠네
식은 내 사랑도 종종 데워달라고,

내 바닥 위에 네가 서 있네
누군가 너를 꽃이라고 말하네

언젠가 스러질 꽃,
그래서 슬픈 꽃,
그러나 영원히 스러지지 않을 꽃

그래서 내 바닥은 불안해
내 바닥은 아파
내 바닥이 안 보여

세상에 흙이 없는 바닥이 또 어디에 있을까
내 바닥은 때로 너무 물렁물렁해

나뭇가지의 질문법

세상이 온통 의문으로 가득 찰 때
뾰족한 것으로 허공을 찔러대기보다는
조용히 이파리를 매달 것

그 이파리로 얼굴 붉히고
그 이파리로 울다가
그 이파리로 어디론가 굴러가
다보록한 흙에게 썩는 법을 배울 것

그리하여 제 이파리 모두 떨구고
허공이 온통 맑은 날
공중에 오래된 바람 소리 풀어놓고
눈물같이 여린 초승달 하나 낳아놓을 것

그러고는 안으로 안으로
의문의 강을 풀어내어
나이테의 두께를 늘려갈 것

그런 후에는
바람 밑에 숨겨두었던 뿌리에게 넌지시
물의 안부를 물어볼 것

아픈 편지

원래부터 저는 미움을 받아왔습니다
저를 편지라고 해두세요
봉투에서 저를 꺼내는 자는 미워요
제 비밀을 지켜주세요
저는 19금으로 봉인된 책과는 친하지 않습니다
비밀을 팔아 돈을 벌 생각은 없으니까요

가령 외모가 닮았다는 이유로
능소화가 나팔꽃에게 편지를 쓸 때
능소화는 온몸이 편지가 되어 나팔꽃에게로 갑니다
편지는 편지를 미워하기 때문이지요

봉인된 자는 봉인된 자를 미워합니다
편지의 본능은 미움입니다
미움으로 찢기고 미움을 읽힙니다

이제 이스라엘과 아랍의 싸움이 계속되는 이유를 알
겠지요

전쟁은 세상에서 가장 아픈 편지입니다

동굴의 기억

달았어 내 몸이 야위어가며 단내를 풍겼어
혀가 그리운 것들에게는 늘
동굴의 기억이 있다는 것을 몰랐어

동굴 속 종유석과 침 사이로 시간이 흘렀어
시간은 몽롱한 것, 어둠이 반짝거렸어
내 몸은 어둠 속에서 점점 녹고 있었어
내 안의 이상한 비밀이 끈적거렸어

나를 단지 단내만으로 설명할 수 있을까
단내 뒤에 또 다른 내가 있었어, 그것은
한꺼번에 와삭 부서지고 싶은 몸의 언어만으로는
설명이 되지 않았어
내 몸이 녹아 사라진 뒤에 남는 것
그것이 진짜 나라는 생각이 들었어
나를 녹여 나를 만드는 누군가가 있다면
내 몸이 왜 평생 이렇게 달콤한지 묻고 싶었어

내가 없어진 자리에 피어나는 꽃의 이름과
그 꽃이 사라진 자리에 피어나는
별의 이름 불러보고 싶었어
수억 년 전부터 내 몸이 숨겨온 비밀이 단지
꽃이나 별자리로 설명이 가능한 것인지
하늘에 우주라는 이름으로 떠다니는
무수한 나에게 묻고 싶었어

달콤한 것들은 왜 자꾸만 반짝거리고 싶어지는지
반짝일수록 왜 자꾸만 어둠의 혀가 그리워지는
건지
하늘의 커다란 동굴에게 묻고 싶었어

내 몸이 왜 끝끝내 그 속에 꽃을 숨기고 있는지

사무사 思無邪

공자는 시 삼백 편에 생각의 사악함이 없다고 했다
시경에 든 삼백 편에 사악함이 없다는 것은
결코 우연한 상찬이 아니다

왜 하필이면 시경은
시 삼백 편만 제 안에 들였을까를 생각해보니
백 편의 시를 들이는 동안에는
세상의 모든 말들이 생각을 어지럽히고
이백 편의 시를 들이는 동안에는
사물에 깃들어 있는 말의 본성을 깊이 깨닫게 되어
비로소 삼백 편을 들이고 나서야
생각에 사악함이 없어지는 것이라는 생각이 들었다

나는 요즘 시경의 마음을 헤아리려 열심히 시를 쓴다
시를 쓰는 일은 폭풍을 잠재우는 일이다
백회에서 소용돌이치던 바람이 뜨거움을 지나
환한 꽃 속에 든다

생각의 고요 속에서 꽃이 피어난다
꽃봉오리가 침묵을 밀고 올라온다
공중에 수많은 문장이 펼쳐진다

말하지 않으면서 천 리를 말하는 꽃
한마음을 지나면 환한 꽃길이 보인다
그 꽃길을 걸어가다 보면 그대가 보인다
눈물 글썽한 시가 보인다

그대는 내게 가장 아름다운 시경이다

고집

풀잎 위의 빗방울이 고집을 피우고 있다
아래로 뛰어내릴 마음이 없다는 듯
대롱대롱 매달려 화사한 햇빛을 끌어모으고 있다

빗방울 속의 햇빛이 고집을 피우고 있다
언젠가 무지개를 피워 올리겠다는 듯
제 안의 색을 감추고 물방울 속에 꼭꼭 숨어 있다

햇빛의 몸속에 숨어 있는 색이 고집을 피우고 있다
세상의 모든 것들에게 색을 나누어주겠다는 듯
햇빛을 뚫고 빗방울의 장력을 뚫기 위해 꿈틀거리
고 있다

빗방울을 매달고 있던 풀잎이 고집을 피우고 있다
빗방울 투명한 눈망울이 제 것이나 되는 양
부릅뜬 눈 속에 빗방울을 끝끝내 눈물처럼 말아
쥐고 있다

그 아래
　고집을 버린 것들이 풀잎의 뿌리를 키우고 있다
　기꺼이 썩는 것과 스미는 것이 봄을 밀어 올리고
있다

　고집은 늘 아래가 두렵고
　고집을 버린 것들은 항상 위가 허전하다

모르고도 아름답다

해마다 지리산 운봉엔 철쭉제가 한창이다
오랜 세월 흙 속에 숨어 있던 색이
비로소 얼굴을 드러낸다

계곡마다 물이 불고
흘러가는 여울에 꽃잎이 떨어진다
꽃잎 속에 든 수천 년의 이야기도
저렇듯 한순간에 진다
흐르는 것과 떨어지는 것이 만나면
역사가 된다

꽃은 흙의 역사를 모르고도 꽃을 피운다
흙에 스민 수천 년 피의 역사는
아무것도 모른 채 꽃으로 피어서 붉다

물도 오랜 세월 흐르다 보면
소리는 지워지고 빛만 남는다고
봄이면 지리산 자락에 철쭉이 붉다

철쭉은 흙이 붉히던 지리산의 내력도 모른 채
꽃대궁을 수직으로 밀어 올려 꽃을 피운다

인간은 미래를 알 수 없는 수평의 길을 걸어
죽음에 이르지만
꽃은 수직의 길을 빛으로 밀어 올려
해마다 꽃을 피운다

역사를 모르고도 꽃은 늘 아름답다

청중을 들이는 시간

비가 온다 사위가 소란스럽다 비는 습기와 함께 이야기를 몰고 다닌다 이야기는 때때로 굵고 가늘다 그 이야기를 누군가 듣고 있다 이야기 속에 청중이 숨어 있다 청중은 이야기를 담는 그릇이다 그 그릇은 종종 흘러넘치거나 깨어지기도 하지만 그릇은 때로는 우주처럼 커져서 우주의 온갖 소리들을 담아내기도 한다

하지만 청중은 종종 귀찮거나 무서울 때가 있다 내밀한 이야기를 엿듣고 싶어 하는 청중은 확실히 부담스럽다 소리가 있는 곳에는 늘 청중이 있다 청중에게는 소리가 생명이다 비밀스러운 이야기는 청중을 원하지 않지만 청중은 귀찮게도 소리들을 따라다닌다 이럴 때 소리와 청중의 미묘한 숨바꼭질이 시작된다

내가 시를 쓰는 시간은 청중을 들이는 시간이다 그때는 내 속의 내밀한 이야기까지 청중에게 들려준

다 그러면 청중은 뜻밖에도 내 속의 은밀한 이야기를 은유의 목소리로 도란도란 이야기한다 내 안에 오래 숨어 있던 목소리들도 청중의 입을 통해서 나오면 시가 된다 청중은 메아리처럼 겹의 목소리를 가지고 있기 때문이다

사랑을 하는 시간도 청중을 들이는 시간이다 사랑을 할 때는 제 안의 소리들이 터져나가 스스로 청중을 찾아간다 이때 청중은 사랑을 담는 그릇이다 그 그릇은 사랑의 소리를 듬뿍 담아 팝콘처럼 그 소리를 뜨겁게 달구어 꽃을 터트린다 봄의 들판에 꽃들이 피어나는 것은 나무들이 스스로 제 안에 청중을 들이고 있기 때문이다 그때 나무들은 꽃을 피우면서 제 안에 수많은 이야기를 거느리게 된다

그런 새장

사람들은 새 때문에 새장이 만들어졌다고 생각하
지만
　새장은 본래부터 있었던 거야
　철창으로 된 것만 새장이 아니야

　숲으로 된 새장
　공기로 된 새장
　불로 된 새장
　물로 된 새장

　새장의 종류는 참으로 다양해서
　새들은 울음을 그칠 줄 몰라
　새를 가두고 있는 것들은 모두 새장인데
　새장은 자신이 새장인 줄도 모르지

　가령 우리 몸 같은 거야
　우리 안에서 우는 새들은 종종
　새장 밖을 그리워하지만

죽기 전까지 인간의 몸은
새들을 풀어놓을 줄 모르지

그래서 인간에게 죽음이 있는 거야
인간은 죽음으로써 새와 새장에서 해방되지
소리를 가두고 날개를 가둔다는 건
일종의 죄악이야

새가 새장 밖으로 날아가면서 우는 것이 사랑이야
새장 밖에 또 새장이 있다는 것을
잠시 잊는 것이 행복이야
사랑만이 새를 새장으로부터 해방시켜
물과 불, 공기와 흙이
자유롭게 뛰노는 숲으로 환원시킬 수 있어

일정한 형식이 없이도 그 자체가 온전히 자연인,
그런 새장이라면
사랑이라는 새를 온전히 가둘 수가 있어

불구

불구가 나를 호명하고 있다 나의 온전하지 못함
은 뜨거움에서 비롯된 것, 물이 끓을 때 안절부절 바
닥이 요동치듯 내 생각은 뜨거울 때 다리를 전다 절
뚝이며 어디론가 걸어가는 내 생각을 따라가다 보면
이름을 알 수 없는 호수에 이를 때가 많다 종종 커다
란 거울이었다가 때로는 오묘한 악기가 되는 호수는
불구가 호명해낸 판도라의 이름이다

호수는 특히 바람이 심한 날 더 크게 다리를 전다
불구에게 제 몸이 온전하지 못하다는 것을 들켜버
린 것이다 호수는 제 주변에 너무 많은 길을 품고 있
어서 아프다 밤새 길을 따라 흘러들어온 소리들은
호수의 신음이다 온전히 고여 있지 못하고 흘러가야
만 한다는 것, 제 안에 너무 많은 주소를 가지고 있
다는 것이 수시로 통증을 유발한다

불구는 뜨거운 분화구이다 나의 부족함과 너의
부족함을 분화구 속에 넣고 끓어 넘치게 해 부족함

의 극치를 보여주는 것, 그런 불구가 나를 시 쓰게
한다 나는 절뚝이며 생각하고 현기증을 앓으며 사
물을 보다가 불현듯 나를 버릴 수 없음에 절망한다
그동안 제 몸이 불구인 줄도 모르고 철없이 끓어 넘
치던 말의 청춘을 생각한다 그러다 마지막 남은 온
전한 불구, 너를 생각한다 내 몸을 끝끝내 떠날 수
없는 너,

　　나는 절뚝절뚝, 오늘도 너를 쓴다

바퀴들

현관에 들어서자마자
딸내미가 하는 말
아빠, 내 방에 바퀴가 있어
바퀴 좀 제발 없애줘, 무서워
안 그러면 벌레의 방을 나와 함께
폭파시켜줘

너무 과장된 딸내미의 호들갑에
피식 웃음이 나왔지만
바퀴가 있는 것과 없는 것의 차이는 뭘까
내 머리에서 엉뚱한 질문이 튀어나왔다

바퀴가 있는 것은 자동차
없는 것은 벌레일까, 아니면
바퀴가 있는 벌레가 바퀴벌레일까

이 세상에 바퀴벌레가 저렇듯 많은 것은
너무 많은 자동차 때문인지도 모른다

신이 보면 자동차야말로 바퀴벌레가 아닌가

잘 죽지도 않고
수요가 자꾸만 늘어나는 바퀴벌레들을 보며
신은 얼마나 끔찍해하실까

창문을 여니 환한 햇살 따라
하늘에서 누군가의 목소리가 들리는 것 같다
아빠, 저 길거리에 널려 있는 바퀴들
제발 좀 없애줘

그림자 일기

나는 그림자로 일기를 쓴다
언제나 나를 따라다니는 그림자는 나의 연필
해가 있을 때는 선명히, 해가 없을 때는 숨어서
나에게 자꾸만 말을 거는 이상한 연필,

그림자 연필은 나를 따라다니며
내 몸이 중얼거리는 것을 받아적는다
내 일기장은 밤낮없이 늘 빼곡하다
그 일기장 속엔 내 속내까지 빠짐없이 적혀 있지만
그 속의 글자를 읽어내는 일은 쉽지 않다

내 일기장은 그림자로 읽어야 해독이 가능하다
3차원의 공간을 2차원의 평면으로 읽는 일은
그림자만이 가능하다

세상의 오색찬란한 색도 지우고
세상이 원하는 모든 광택도 지우고
그림자는 스스로를 내려놓아 가난해진다

가난한 그늘의 언어로 세상을 이야기한다

나는 오늘도 그림자 일기를 쓴다
그늘이 감추어두었던 풀꽃 같은 세상을
그림자로 만나
그림자의 언어로 이야기한다

나는 일기를 쓰면서
그림자 속으로 나를 초대한다

누구일까

누가 어둠 속에서
한쪽 젖만 환하게 내놓고 있다

이상하게도
젖꼭지가 보이지 않는다

그물에 걸리지 않는 바람처럼* 덥석
달의 젖꼭지를 물고 있는
저 입

*불경 숫타니파타Suttanipata의 한 구절.

둘레를 지우는 일

반짝인다는 것은 둘레를 지우는 일일까

눈물은 글썽여 제 둘레를 지우고
바람은 반짝이는 것들의 몸속 빛을 풀어
그 둘레를 지운다

너를 처음 본 순간,
세상의 둘레가 온통 허물어져
모든 것이 캄캄하게 보이던 그날,

내 눈의 둘레는 한없이 허물어져
너는 한 떨기 백합이었다가, 돌연
제 속살에 마음 번지는 능소화였다가
그 자리에 덩그러니 한 채
글썽이는 속 깊은 우물을 남겨놓았다

글썽이는 우물과
그 속에서 깊어지는 별 사이의 거리가

내가 너를 바라보던 아득한 사랑의 거리였을까

사랑은 종종 완강한 꽃의 둘레를 헐어
새벽하늘 개밥바라기별보다 더 크게 글썽이는
우물 한 채를 보여준다

3부

화조도

돌멩이로 말하기

한낮을 뜨겁게 태우던 저녁 강이
해에게 말하듯
불이 물에게, 물이 불에게 작별 인사할 때는
물같이도 불같이도 말하지 말기
꼭 돌멩이처럼만 말하기

바람을 버리고 떠나는 쓸쓸한 계절을 향해
작별 인사 하는 법을 몰라 눈물이 날 때
말하지 않아도 단단한 말,
듣지 않아도 외롭지 않은 말
꼭 돌멩이처럼 말하기

돌멩이는 몸 전체가 입이라서
하루 종일 떠들어멜 것 같지만
입 하나 있는 것이, 그것도 벙어리라서
하루 종일 아무 말도 안 하고 다만
무겁게 안으로만 말을 한다는데,

사랑아, 네가 나에게 마지막 말을 할 때는
그립고 보고 싶어
자꾸만 목이 메어와도
꼭,
돌멩이처럼만 말하기

아니, 아니,
왈칵, 눈물이 나도
그냥,
돌멩이로 말하기

물안경을 쓰고

아내의 발명은 물안경을 쓰고 양파를 써는 것이다
나의 발명은 그런 아내를 보고 웃는 것이다
그러다 문득 깨닫는다
아내가 썬 양파가 물고기라는 것을,
갇힌 물고기는 본래 저렇듯 매운 것이다
그래서 물고기를 만질 때는 물안경을 써야 한다
양파를 썰면
그 안에서 무수한 물고기가 튀어나오는
이상한 칼을 아내는 사용한다
물고기는 본래 물속에서 자유로워야 하는데
양파라는 물고기는 제 안에 너무 많은 물고기를
가두고
자유롭지 못해서 저렇듯 매운 것이다
아내는 그런 물고기를 볼 때마다 운다
여러 겹의 매운 자신을 본 것이다
그때부터 아내는 양파를 썰 때 물안경을 쓴다
그걸 옆에서 지켜보며 웃는 내 눈도, 맵긴 맵다

화조도 花鳥圖

꽃은 날개 없이 날아다니는 새이고
새는 날개로 춤추는 꽃이다
네가 나를 사랑했다면 너는 새이고 꽃이다

꽃을 품은 새는 향기로 날아서 천년을 산다
내가 너를 생각할 때마다
길가에 핀 작은 꽃잎들이 흔들리고
그 위에 앉았던 새는
천년을 날아서 너에게로 간다

너는 나에게 새의 울음소리를 내는 꽃이다
내가 너에게 날개를 이야기했을 때
너는 꽃으로 붉게 울었다
그때 꽃대가 흔들리고 새가 날아왔다

나는 지금 꿈꾸듯 한 필의 붓으로 너에게 간다
  나의 몸짓이 농담濃淡이 없어 백묘법으로 너를
말하고

때로는 윤곽을 보여주지 않는 몰골법으로 너를 그
려도
붓의 뒤에 숨은 나의 말은 여전히 한 편의 화조도
여서
잠시 새가 꽃을 떠나거나 꽃이 새를 버리는 일이
영원한 이별이 아님을 나는 안다

너를 그릴 때 너는 내게 영원한 날개이고 꽃이지만
네가 올 때 내 몸은 너와 함께 흔들려
네 윤곽을 잃어버리기도 한다
그럴 때 나는 너를 달래듯
구륵법으로 네 윤곽을 먼저 그린다
그리고 비로소 그 안에 너를 색칠할 수 있다

네가 꽃의 향기와 날개의 몸짓으로 내게 온 것을
한 편의 그림으로 어찌 다 말할 수 있으랴만
내가 붓이 되어 너를 꿈꿀 때 내 몸은 여전히 황홀
한 춤이다

*백묘법白描法은 동양화에서, 농담이 없이 먹의 선으로만 그림을 그리는 방법을 말하고, 몰골법沒骨法은 윤곽선을 그리지 않고 먹이나 채색으로 직접 그리는 기법을 말하며, 구륵법鉤勒法은 윤곽을 필선으로 먼저 그린 다음에 그 안을 색칠하는 화법을 말한다.

백회라는 것

인간의 신체 중에 백 가지 기운이 모여드는 정수리를 백회百會라고 한다는데, 그곳은 몸의 기운이 들고 나는 급소로서 아주 중요한 곳이라고 하는데, 사실 수만 갈래의 힘이 모여들어 정수리를 이루는 것이라면 사랑이 아닌가, 백 번째 사랑이든 백회에 이르는 사랑이든 백이라는 숫자는 수만 갈래의 길이 모여 하나의 길이 되는 정점에 있다

백회를 사랑의 정수리로 본다면 그 사랑은 육체적인 사랑만이 아닌 것, 백회란 백번의 생각과 백번의 고백과 백번의 두근거림이 백번의 망설임과 백번의 약속과 백번의 감동과 만나 백 가지의 꽃을 피우는 자리이다 백회는 하늘의 정수리에 해가 뜨고 달이 떠서 세상을 환하게 환하게 밝히는 것, 그러다 해와 달이 만나 일식이라는 깊은 어둠을 낳기도 하는 것, 일식이 아름다운 건 해와 달의 정수리가 정수리만의 것이 아니라 그 아래 흐르는 아득한 숨소리까지를 넉넉하게 아울러 한 송이 꽃으로 피우기 때문이다

백회는 빛이 어둠을, 어둠이 빛을 온전히 품는 충일한 아름다움이다 어둠 속에 숨어 있던 보이지 않던 세계를 이끌어 올려 정수리에 환하게 빛나게 하는 별이다 너와 내가 수억 년 전에 만나 백번의 사랑을 하고 낳은 아름다운 한 편의 시이다

추상에서 구상에 이르는 길

구름이 추상이라면
창밖의 저 비는 구상에 이르는 몸짓
빗물이 닿아 싹이 트고 꽃이 피는
오래된 습관의 힘이 아니고서는
도무지 알 수 없는 저 구상의 꿈틀거림

어린아이가 엄마 배 속에서 나와
터뜨리는 울음이
추상과 구상을 가르는 경계의 기호라면
어린아이가 무럭무럭 자라
노년에 이르는 길은
오히려 구상에서 추상에 이르는 길

아마도 신은 멀리서 미술관 같은 세상을 바라보며
하루에도 몇 번씩 추상과 구상 사이의
운필법과 바람의 꿈틀거림을 말없이 읽고
구상에서 차츰 추상으로 향하는 지구의 모습을
흘끗 쳐다보았으리

늙는다는 것은
구상에서 추상에 이르는 것
그것을 거스르는 일은
거울 속에 숨어 있던 세상을 들추어내는 것뿐,

그동안 지구는 알고 있었을까
지구의 거울인 달이 저토록 환한 것은
지구가 잃어버린
추상에서 구상에 이르는 길을
지구에게 일깨워주기 위한
거울의 눈물겨운 몸부림이었다는 것을,

수평선을 낳는 것들

출렁이는 파도가 수평선을 낳는다
알 수 없는 물의 핏줄들이 모여서 수평선을 낳는다
그 아래
깊이 모를 수심이 모여서 수평선을 낳는다

멀리 보면 수평선
가까이 보면 파도

잊혔던 아버지도 끝없이 밀려와
아버지의 아버지가 되고 끝내 수평선을 낳는다
아버지의 주름 속에 감추어진 것은 역사가 아니라
수평선이다

밤마다 수평선은 요동치며 아이를 잉태하고
그 아이들은 자라나 수평선이 된다

시인이 시를 낳고 시가 다시 시인을 낳듯이
자세히 보면 세상의 모든 것은 끝과 끝이 맞닿은

수평선이고

　신기하게도 수평선은 출렁이며 끝없이 수평선을
낳는다

갈필渴筆을 잡다

이것은 나의 갈필로
세상의 모든 여백 위에 쓰고 싶은 이야기이다

나를 계절이라고 말한다면
나는 나를 버리겠다
나의 바람을 버리고 나의 이파리를 버리고
나를 바라보고 있던 모든 눈들을 버리겠다

나는 때때로 버림받을수록 단단해진다
나를 상처라고 말한다면
그 상처 속에 숨어 있던 것들을 세상에
떠도는 이야기로 풀어놓아
이야기 속의 모든 목소리가 더 이상
상처를 말하지 않을 때까지
나를 버리고 버리고 버리겠다

나를 버리고 나면
그 맨 밑바닥에서 말없이 고여오는 것을

더 이상 눈물이라고 말하지 않겠다

그동안 갈피를 잡지 못하고 살아온 내 삶과 사랑
에 대해
내 안을 드나들던 모든 바람과 꽃들에 대해
묵을 버리고 허공을 버리듯

더 이상 가엾지 않은 나를
무심코, 우연히 버리기 위해,

가장 큰 아이
―권정생

나는 세상에서 가장 큰 아이를 알고 있다
덩치가 큰 것이 아니라
사랑의 마음이 가장 큰 아이,
사람들의 가슴속에 따뜻한 생명을 불어넣으며
우주처럼 점점 크게 자라나는 아이를 알고 있다

일제시대 가난한 노무자의 아들로 태어나
가난 때문에 나무장수 고구마장수 등을 하며 떠
돌다가
결핵에 걸려 고생을 하고 마을 교회 종지기 생활
을 하면서도
열심히 동화를 써서 가난한 어린이를 돕고 싶어
했던
어른이면서도 아이보다도 더 맑은 영혼을 가진
아이,

자신이 직접 지은 작은 오두막집에서
강아지 한 마리와 가난하게 살면서도

평생 인세로 받은 돈 10억을
북한 어린이를 위해 써달라는 유언을 남기고
먼 나라로 소풍 간 아이,

강아지똥이나 몽실언니와 함께
지금도 수많은 아이들 가슴속에서
밝게 웃고 있는 아이,

세상의 모든 어둠을
골 깊은 주름골짜기에 담아
세상에는 아름다운 햇살만 남겨놓고 떠난
일흔 살 선한 눈빛의 아이를 알고 있다

창밖의 반찬

나는 밥을 먹을 때 수시로 창밖을 내다본다
그 광경을 보고 있던 딸내미가 하는 말

아빠는 왜 밥 먹을 때 창밖을 봐?
응, 창밖에도 반찬이 있어
궁색해진 내 대답에 딸내미는
아빠 말이 꽤 시적이네
우문현답으로 응수한다

오늘은 왠지
창밖에도 반찬이 있다는 내 대답을
시적으로 알아듣는 딸내미와
그 말을 듣고 뜻 모를 미소를 짓고 있는 아내가
너무나 시적이다

생각해보면 내 주변에는 시적인 것이 너무 많다
오랜 가뭄 끝에 창밖에는 잡채 면발 같은 반찬이
주룩주룩 내리고 있다

시적이다

게다가

키는 엄마보다 더 큰 중2 딸아이가 잘 쓰는 말

〈게다가〉

"아빠, 게다가 나오늘섬을봤는데모르는문제가너무
많아서찍었는데게다가섬이어려워서점수가잘안나왔
어게다가엄마가알면큰일나는데찍은게모두틀렸거덩
게다가…"

게다가 그날 딸아이는 참 신경질 나게 이뻐 보였
는데 게다가 말이 참 많았는데 게다가 말하는 어법
이 잘 맞지 않아서 더 귀여웠는데 말이 끊길 듯 어색
한 듯 주저리주저리 이어지고 있었는데,

〈게다가〉가 없으면 말이 되지 않는 딸아이는

"아빠아빠, 조금아까계단을올라오는데고양이새끼
가무척이뻤어게다가고양이가너무작은게…아유너무

이뻐이뻐죽겠어아빠아빠우리고양이길러게다가고양
이울음소리가아기울음같애친구네집에도고양이가
있는데너무이뻐게다가난고양이가참좋거든나고양이
기르고싶어웅? 아빠…"

　시험은 망쳤어도 '게다가' 사이에 작은 섬처럼 말
을 쏙쏙 끼워놓는 솜씨가 앙증맞아서 귀여웠는데
딸아이는 게다가… 그날따라 별이 잠든 후에도 잠
을 자지 않고 종알종알 재잘대고 있었는데… 게다가
창밖의 어미 고양이도 아기 울음을 울며 새끼들을
애타게 찾고 있었는데, 게다가…

니벨룽*

너에게 다녀가지 않기 위해 나는 걷는다
우산이 필요 없는 안개를 등에 지고
끝내는 온몸에 안개를 입고 걷는다

구름도 비도 되지 못하고
불확실한 것들로 이루어진 몸
해가 중천에 떠도 안개는 사라지지 않았다

나를 규정하려 드는 길, 너
나에게 상표를 붙이려 드는 이상한 빛, 너
내 무게를 궁금해하는 숫자 혹은 바늘, 너

너로부터 나를 보호하기 위해
나는 늘 꿈꾼다
길을 걸어가다 길이 사라지는 꿈
낭떠러지 끝에서 다시 길이 나타나는 꿈
이걸 나는 악몽이라고 말하지 않고
안개라고 말을 한다

너에게 보이지 않기 위해 나는 걷는다
이따금 구름의 말을 하고
구름의 말을 버린다
나는 백지가 되기 위해 걷는다
찢어지기 위해 하늘을 보고
내 몸에서 아무런 소리가 들리지 않을 때까지
걷고 또 걷는다

내가 등 뒤에 버린, 찢어진 백지가 말을 할 때까지

*니벨룽Nebelung, '안개의 피조물'이라는 뜻을 지닌 러시안
블루의 다른 종 고양이.

대관령 양떼목장

진열장 위에 놓인 오래된 사진을 본다
나는 어느새 사진 속으로 들어가
아내와 함께 구릉을 오르고 있다

무성한 풀들의 울타리를 따라
끝없이 펼쳐진 길
이곳에서는 구름과 양떼가 함께 풀을 뜯고 있다
양떼가 구름이 되고
구름이 양떼로 탈바꿈하는 절호의 시간이다

구름의 환속을 반기는 듯
풍차는 햇살보다 먼저 바람을 퉁겨낸다
구름이 뜯고 있는 것은 풀이지만
풀이 힘차게 밀어 올리는 것은 바람이다
이곳에서는
바람이 구름을 먹여 살린 지 오래다

사진 속의 아내는

구릉 위에 펼쳐진 바람의 행렬을 따라
불혹의 고개를 넘고 있다
아내는 이미 알고 있었을 것이다
불혹이야말로 양떼가 구름이 되어
풍차의 언덕을 넘고 싶어지는 나이라는 것을

우리는 풍차를 배경으로 몇 컷의 사진을 더 찍고
사진 안에 담을 수 없는
대관령의 바람 소리도 가슴에 담아 산을 내려왔
었다

사진 속의 아내가 저렇듯 예쁘고 젊은 것은
구름이 재빨리 양떼와 서로 몸을 바꾸어
아내를 따라 언덕길을 내려왔기 때문일 것이다

불혹이 지나면서부터
아내의 표정이 변화무쌍해진 것은 순전히 구름
때문이다

어떤 음악

젖은 달이 너무 오래 떠 있습니다
그 아래
달을 잡아당기는 파도
파도가 버린 언덕을
우리는 악보라고 부릅니다

그 언덕을 개미 한 마리가 오르고 있습니다
개미는 자신보다도 더 큰 달을 지고 갑니다
우리는 개미를 종종 가난이라고 부릅니다
허공에 홀로 떠 있던 달이 안쓰러워
동행하는 것이겠지요
달로 인해 시간이 허기지는 것이
개미는 슬펐겠지요

하지만 시간이 허기지는 것이 음악입니다
허기로 어둠을 켜면 둥둥 떠오르는 것이 음악입니다
그러다 다시 캄캄해지는 것이 음악입니다
캄캄한 밤도 저만의 악보가 있습니다

보이지 않는 것을 연주하는 것이 음악입니다

제 안에 젖은 달이 너무 오래 떠 있습니다
목이 쉰 달빛 음악이 위태롭게 떠 있습니다

나를 넘어서는 시간

지렁이가 아스팔트 위를 걸어가듯
생명이 걸려 있는 시간이 있다
아스팔트 너머에 무엇이 있는지도 모르고
생명을 담보로 기어가는 시간
그 시간이 지렁이에게는 무지의 시간이지만
그것을 바라보는 나에게는
나를 넘어서는 시간이다

아버지가 돌아가시던 날
아버지는 의식과 무의식의 경계를 오가며
그리운 손자가 오기를 기다리시다가
손자가 도착했다는 기별에
감았던 눈을 스르르 뜨시던 그 순간이
아버지에게는 손자와 마지막 재회의 시간이었겠
지만
그것을 지켜보는 나에게는
나를 넘어서는 시간이었다

내 밖에서 나의 의식을 흔들어 깨워
나를 넘어서게 하는 시간의 주인은 누구일까
내게 아무런 권한도 없이
너무나도 무기력한 시간이
그동안 내가 넘지 못했던 시간의 문턱을 넘어
단번에 나를 넘어서게 하는 시간이라니

꽃을 피우고 열매를 맺는 것이
꽃이 하는 일이 아닌 것처럼
나의 이 외로운 윤곽을 부수어
나를 넘어서게 하는 일의 비밀을
끝끝내 밝혀내고 싶어 하는 욕망으로부터
도망하기 위해서 나는 시를 쓴다

내 시가 한 편 써지는 시간이 나에겐
나를 넘어서는 시간이다

오래된 질문

내 질문은 지상에 존재하는 모든 호흡의 처음과
끝이다
나는 불행인지 다행인지 원숭이띠에 쌍둥이자리
태생이다
남의 흉내를 잘 내는 원숭이에다가 비슷한 얼굴과
몸매를 가진 쌍둥이자리 태생이라니…

어쩌면 태어나면서부터
내가 세상에 나를 질문하기 시작한 건 당연한 귀
결이다
내 몸 안에는 참으로 복잡한 날씨가 흐르고 있어서
내 몸의 기상도를 예측하기란 쉽지가 않다

가령 비가 오는 날에
하늘에서 전속력으로 뛰어내리는 빗방울들은
우연히 너무나 당연하게 뛰어내리는 것이 아니라
저마다 그들만의 질문법을 가지고 있다

물방울들은 땅이나 물이나 이파리에 노크를 한다
제 몸을 부수어 그들과 하나가 되기 위한
그들의 질문법은 처절하고 단호하다
바람도 역시 마찬가지이다
바람의 속도와 방향은 열에 민감하다
바람은 뜨거움에 질문하고 뜨거운 대답에 몸을
맡긴다

물방울도 바람도 내 안의 뜨거움에게 수시로 질문
한다
쌍둥이자리인 내 태생은 수시로 또 다른 나를 찾
고 있다
내가 시를 쓰는 것은 어쩌면 원숭이의 흉내 같은
것이다
아마도 내가 잃어버린 또 다른 내가 나를 찾다가
시가 되거나 사랑이 되거나 눈물이 되는 모양이다

내 안에는 내가 어찌할 수 없는 강이 하나 흐르고

있다

　강은 세상에 질문을 하면서 자신의 출렁거리는
물소리를 듣는다
　세상이 대답을 하지 않을 때
　강은 자신의 몸에 수많은 양수리를 낳는다
　그러므로 강 속에 강이 흐르고 있다는 것은 진실
이다

　강은 물빛 모양의 질문들이 너무 오래되어서 아
무도
　이런 사소한 질문들이 자신의 것인지도 모르고
　자신의 태생은 더더욱 모른 채 흐르고 있다

　아마도 지금껏 내가 만난 세상의 모든 강은
　원숭이띠에 쌍둥이자리 태생일 것이다
　그 강들은 내 몸을 닮아 저마다 뜨거운 쪽으로
　흐르고 싶어 했던 것을 나는 기억한다

4부

테두리로 본다는 것

울음의 고리

저녁에 이르면 하늘과 바다가 충혈된다
하늘은 바다를 보고 울고
바다는 하늘을 보고 운다

그것은 하늘과 바다가 운 것이 아니다
하늘 속의 구름이 울고 새가 운 것이고
바닷속의 물이 울고 물고기가 운 것이다

그 울음은 한밤을 지나 아침까지 계속된다
울음은 전염성이 강하다
저녁이 아침을 향해 밤새 우는 바람에
아침 하늘이 충혈된 것이다

그러므로 아이가 태어날 때 우는 것과
사람이 죽을 때 우는 것은 같은 것이다
아이는 태어날 때 전 생애를 울어줄
저만의 하늘과 바다를 가지고 태어난다

아이가 평생을 살아가는 동안
하늘은 바다를 보고 울고 바다는 하늘을 보고 운다
눈물은 하늘에서 바다로 바다에서 하늘로
끝없이 순환한다

눈물은 그러는 동안
제 속에 수많은 울음의 고리를 갖게 된다

거울로 가는 기차

　기차는 거울로 간다 꼬리에 꼬리를 무는 먹이 연
쇄로 이루어진 저 기차는 수억 년 전부터 지금까지
점점 더 긴 꼬리를 달고 거울을 향하여 달려간다 거
울은 도돌이표, 영원한 반복의 기나긴 여행을 위해
기차는 거울로 간다 기차가 거울 속으로 들어가는
순간 짝퉁이 된다 도돌이표를 단 환상 열차가 된다
환상은 시간을 묻지 않는다 먹이의 연쇄로 이루어진
세상의 부조리를 묻지 않는다 그래서 기차는 거울로
간다 그렇게 기차는 우로보로스가 된다 내 유년 시
절의 굴렁쇠가 된다 커다란 달이 된다 우로보로스
는 제 꼬리를 먹고 산다 먹이의 연쇄는 결국 자기가
자기를 먹는 것, 기차가 간다 스스로를 먹기 위해 기
차가 달려간다 거울로 된 커다란 입을 향해 힘차게
달려간다 그 속에서 오이디푸스가 울고 있다 아담이
울고 있다, 아, 그런데 저것들은 모두 짝퉁이다 누군
가 이 거울을 깨뜨려다오, 아아, 저 미친,

길에 관한 편견

길을 외롭다고 함부로 말하지 말라
길 위에는 하늘이 있고
바람이 있고
낙엽이 있다

더구나 그의 몸속에는
그를 사랑했던 것들이 다녀간
둥글고 아늑한 어둠이 있다

육체를 지나 마음으로 향해 있던 그 길은
살랑이던 낙엽의 언어와
출렁이던 바람의 춤과
하늘의 깊은 눈매까지를 잘 기억하고 있다

길이 외롭게 느껴지는 건
언젠가 그 길을 사랑하고 싶기 때문이다

물방울 서사

나는 떨어지기 위해서 매달려 있는 것이 아니다
내 위에는 구름이 떠가고
내 밑에는 이미 떨어져서 썩어가는 낙엽이 있지만
나는 그들의 과거나 미래가 아니다
중요한 것은 내 몸이
오래된 이야기를 담고 있다는 점이다
햇빛에 반짝이는 것이나
주변의 어떤 눈빛에 투명해지는 것은
그들을 향한 나만의 이야기 방식이다
내 주변의 눈들은 나를 보며 떨어질까 봐
불안해한다 머지않아 사라질 나의 미래를
걱정하기도 한다
하지만 걱정할 필요는 전혀 없다
내가 밑으로 떨어져 내려 산산이 부서지거나
뜨거운 햇빛에 증발해서 잘 보이지 않을 때도
나는 누군가에게 읽히기 위해
나만의 이야기 방식으로 살아 있는 것이다
나는 오히려 내 몸이 잘게 부서질 때 즐겁다

가벼이 하늘로 승천할 수 있기 때문이다

하지만 그것이 물방울 서사의 끝은 아니다

나의 서사는 아담의 몸속에도 요한의 눈물 속에
도 있다

물의 계시록 다음 장을 넘기면 물의 창세기가 나
온다

그런 것들을 하나씩 읽다 보면

내 몸이 오래 더럽혀져 온 내력을 알게 된다

소

저 소는 바닥을 갈아엎으면서 온다
흙 속에 오래 숨겨둔 것들을 세상에 폭로한다
세상을 떠돌던 맑은 공기들에게
흙 속에 묻혀 있던 퀴퀴한 소문들을 발설한다

그러곤
음매 하고 운다

소가 지나간 자리엔
잠자다가 놀란 개구리가 눈망울을 끔벅거리고
지렁이들은 소가 폭로한 흙 속의 비밀을
지렁이체로 꿈틀꿈틀 써 내려간다

소가 지난 곳엔 더 이상 바닥은 없다
가난한 흙도 소가 지나면 부자가 된다

수많은 사람들이 와글거리는 서울도
소가 한번 지나가면

신라의 서라벌이 새롭게 펼쳐진다

소는 오래된 시간을 갈아엎으며 말이 없다
다만
흙 속에 들어가 답답한 것들에게 들려주려고
청진기 모양의 기다란 침을 질질 흘리면서
오래 몸속에 숨겨온
후끈한 숨소리 하나 들려준다

불그레한 메꽃이
음매, 하고 피어나기 전
저 소는 수천 년 전부터 끔벅끔벅
바닥을 갈아엎으면서 온다

테두리로 본다는 것

그는 알이 없는 안경을 끼고 세상을 본다

멋을 위한 것일까
무슨 의미가 있을까를 생각해보면
희뿌연 달무리가 떠오른다
달에게 달무리는 왜 필요할까를 생각해보면
안경 테두리의 효용을 이해할 수 있다

테두리로 본다는 것

눈과 세상 사이가 너무 황홀해
그사이에 유리는 빼고 그냥 테두리로
세상을 보고 눈을 본다는 것

그냥 맨눈으로 보는 것이 너무 죄송해서
테두리로 보는 것의 속내를 이해할 수 있다

눈부신 세상을 바라볼 때

까만 테두리가 있어 세상이 또렷이 보이는
그런 당위성만으로는 설명이 되지 않는

테두리로 본다는 것

그것에는 왜 유리가 없냐고 나무랄 수 없는
유한의 광활한 바깥이 있어
달보다 달무리가 아름다운 것이라고

토성이 천왕성을 보듯
그는 알이 없는 안경을 끼고 세상의 바깥을 본다

아름다운 전쟁

꽃이 붉다, 누가 피 흘리나
누가 저리 붉은 피를 아름답다고 말했나
피가 나도록 싸우는 저
아름다운 싸움을
누가 꽃이라고 말했나

꽃이 지면
아름다운 싸움도 끝나고
세상의 날개들은
저마다의 속도로 사라지겠지만

피 흘리는 그대여
아름다움을 위해
피가 나도록 싸우는 그대여
아름다움이 다하면 전쟁도 끝나겠지만

지금은 피가 황홀한 계절

내 몸속,
꽃이 붉다

햇빛은 송곳이다

지상에는 뚫을 것이 너무 많다

꽃도 뚫고
바람도 뚫고
이슬도 뚫고
흙도 뚫고

뚫고
뚫고
뚫고

더 뚫을 것이 없이 모조리 뚫고
다 뚫었다고 생각되었을 때
그 생각까지도 뚫고 뚫는 것은

송곳이다

그런데 사실

송곳이 뚫은 건

흙도 아니고
이슬도 아니고
바람도 아니고
꽃도 아니고

꽃대궁이 버리고 간 허공이다
허공이 송곳에 뚫릴 때마다

없는 꽃이, 아프다

모래 이야기

너무 많아서 셀 수 없는 것
그 안에 이야기가 산다

오래 물살에 씻긴 이야기
제 몸을 갈아 만든 이야기

그 이야기 속에 이야기가 살고
그 이야기 밖에 이야기가 산다

위와 아래, 안과 밖이
따로 없는 이야기
앞과 뒤가 뒤섞여도 술술 풀려서
커다란 언덕을 이루는 이야기

두만강 둔치에도 있고
낙동강 하구에도 있는,
저 혼자 가도
혼자 보낼 수 없는 이야기

나누려 해도 나눌 수 없는 이야기

반만년 유구한 물살의 끝
한바탕 춤을 추고 난 후
그 신명으로 일가를 이룬
하얀 모래 이야기가 산다

그림자를 따라갔다

그는 실체가 보이지 않았다 그림자만 보였다
그림자를 따라갔다
그림자의 형상보다 그림자를 끌고 가는 그가 궁금
했다
그런데 그는 끝내 얼굴을 보여주지 않았다
그림자로 말하고 그림자로 웃었다
난해한 방언 같았다

나는 고개를 들어 그림자를 만드는 빛을 보았다
빛은 캄캄했다 그림자를 자주 놓쳤다
내 망막 속에서 그림자가 어른거렸다
내 안의 그림자를 따라갔다
어렴풋이 그림자의 주인이 만져졌다

너무 눈이 부셔 캄캄한 빛과
만져지는 그림자 사이에 내가 있다
너무 환해서 보이지 않던 그를 처음으로 만졌다
그는 만져지는 그림자였다

나는 그림자 속 그의 둥근 얼굴과
오뚝한 코와 두툼한 입술을 만졌다
그림자 속에 숨어 있던 나를 느꼈다

그와 나 사이에 그림자가 있었다
그의 그림자와 내 그림자가 겹쳐져 있었다
자세히 보니 그림자는 하나였다

그림자는 뚜렷한 목소리로 나에게 말을 건네며
어디론가 움직이기 시작했다
부지런히 그림자를 따라갔다
멀리 희미하게 말이 지나간 통로가 보이고
뚜렷한 이목구비처럼 그림자의 주체가 느껴졌다

덜컹거리는 서랍들

서랍이 덜컹거린다 아무도 만지지 않았는데
바람도 불지 않았는데 서랍이 덜컹거린다

구름이 떠간다 덜컹거리며 떠간다
강물이 흐른다 덜컹거리며 흐른다
구름과 강물은 서랍인가?

내 생각 속에서 덜컹거리던 것들이
생각 밖으로 나와 덜컹거린다
저 트럭을 서랍이라고 말해도 되나?

어느새 내 머릿속은 서랍으로 가득 차 있다
덜컹거려서 귀엽고 이쁜 것
혹은 덜컹거려서 마음이 아린 것
그런 것들만 서랍이라고 하면 안 되나?

서랍을 열면 언제나 온갖 잡동사니들이 뛰놀던
내 유년의 서랍만 서랍이라고 하면 안 되나?

그 속에서 나 몰래 자라나
나를 사랑한다고 고백하는 저 무수한 서랍들.
서랍 속의 서랍들, 서랍 밖의 서랍들을
모두 서랍이라고 불러도 되나?

부르지도 않았는데, 온갖 서랍들이
자꾸만 나에게 몰려와 덜컹거린다

그 속에 무엇을 넣어달라는 것인가?

메멘토 모리*

그럴 수가 없다 촛불은, 제 몸의 길을 버릴 수 없
다 수직의 길을 잃어버린 것들에게 뜨거움 없이 말
할 수 없다 제 몸을 태워 길을 만드는 소신의 불을
버릴 수 없다

사위가 어두워질 때면 수평의 공간에 뜨거운 수
직의 길이 모여든다 한 발 한 길이 저마다 농이다 촛
농보다 더 뜨거운 눈물은 없다 눈물이 차가운 어둠
을 뜨겁게 태운다 눈물은 뿌리부터 환하다

그럴 수 없다 촛불은, 심해의 눈眼을 버릴 수 없다
끝내 잠들지 못하고 한없이 출렁이던 눈을 미친 파
도라고 함부로 말할 수 없다 바람이 일으키는 것이
파도가 아니다 파도는 물의 아득한 깊이에서 꿈틀거
리는, 물 안의 마음이다

바닷속에서 촛불이 헤엄치고 있다 촛불의 지느러
미는 물살을 모아 물길을 만든다 수직의 길을 수평

으로 눕혀 어둠을 뚫고 나아간다 오른쪽으로 그물
을 던져라, 주위를 둘러보면 목소리는 없고 방향만
있다 차라리 저 수평선 침묵 그물의 촘촘한 목소리
를 보아라 시를 버린 시를 보아라

　바닷속 촛불은 승리의 등을 향하여 소리치는 바
람의 목소리가 아니다 바다는 붕새가 되기 전 곤鯤
이 흘린 눈물이다 촛불 속에는 북해와 남해가, 하늘
과 땅이 잇닿아 있다 지느러미가 날개가 되는 일은
아프다 천 리가 요동치고 있다

*메멘토 모리Memento mori, "자신의 죽음을 기억하라" 또는
"너는 반드시 죽는다는 것을 기억하라", "네가 죽을 것을 기억하
라"를 뜻하는 라틴어.

소실점

    참매의 눈에 든 산토끼 한 마리, 뛰기 시작한다 춤을 추며, 그 춤을 쫓아 발톱을 숨긴 날개가 빠르게 따라간다 춤은 점점 숨이 목구멍까지 차오르고 날개는 점점 더 낮게 가까이 다가간다 뾰족한 발톱이 회색 털을 낚아채는 순간 몇 개의 털 뭉치를 버린 몸뚱이는 필사적으로 달린다 지그재그로 달리며 춤을 춘다 춤은 점점 더 격렬해진다 온몸을 비틀며 덤불 속을 향하여 춤이 달린다 비행의 날카로운 눈매는 금방 춤의 행방을 쫓아 방향을 바꾼다 비행과 춤이 극적으로 다시 만나는 순간, 춤은 몸을 한 바퀴 뒤틀며 공중으로 튀어 오른다 춤의 클라이맥스는 마지막에 설계되어 있다 아슬아슬하게 발톱에게 살점 몇 개를 더 주고 다시 춤이 달린다 지그재그로 마지막 숨을 향하여 달린다 발톱을 앞세운 날개가 필사적으로 따라간다 헐떡거리던 춤이 마지막 숨 가까이에 이르렀을 때 발톱이 회색 털을 힘차게 낚아챈다 노을에 붉게 물든 털이 온몸을 비틀며 마지막 춤을 춘다 EBS 다큐멘터리 카메라 앵글 속으로 속도의 소

실점이 빨려 들어간다

　하나의 소실점은 그 뒤에 수많은 춤의 형식을 거
느리고 있다

임걸령

새벽 기차를 타고 구례역에서 내려서
성삼재 노고단을 지나 삼도봉을 오르는 길에
임걸령 샘터를 만났다

지리산에서 제일 물맛이 좋다는 임걸령 약수
속 깊은 산이 둥근 돌확에 끊임없이
제 안에 숨어 있던 투명한 길을 풀어내고 있었다

약간은 낯선 이름 임걸령
옛날에 임걸林傑이라는 의적이 머물렀다는 유래보
다는
어디선가 문득 임이 걸어 나올 것 같은 묘한 어감이
내 눈을 두리번거리게 했다

호오리새, 산오이풀, 처녀치마, 기생꽃, 히어리
여기저기 묘한 이름을 가진 여인들이 나를 불렀다
저마다 제 안에 지리산 투명한 길을 하나씩 숨기고
있는

나긋한 여인네들의 숨결을 풀어
임걸령 약수를 한 바가지 들이켰다

약수를 마시고 삼도봉을 오르는데
오른쪽 무릎이 쿡쿡 쑤시고 아팠다
내 몸 어딘가에 끊어진 길이 있었구나
통증은 점점 커지더니
허벅지를 지나 사타구니까지 올라왔다

삼도가 한 꼭지에 모여 있는 뾰족한 화살표가
영문도 모른 채 삼도를 거느리고 있던
내 몸을 쿡쿡 찔러대고 있었다
통증이 불러주는 내 몸의 주소를 알 수 없었다
그동안 나는 너무 오래 임을 잊고 살았다

랜섬웨어*

모든 것이 순간이었다
그동안 내가 쓴 시들이 세상에 얼굴을 내밀기도
전에
나쁜 돈의 볼모가 되어 어디론가 납치되었다

도대체 내 시의 몸값은 얼마나 될까
내 모든 시의 꼬리에 cryp1라는 자물쇠를 채워
놓고
수백만 원을 내면 암호를 푸는 열쇠를 주겠단다
그런 돈이 내게 있을 리 만무하다

시를 모두 잃고 나니
비로소 거지가 되었다는 생각이 든다
그동안 내가 사유하면서 걸었던 시의 길이
몽땅 털렸다는 생각에 잠을 이룰 수가 없었다

그런데 뜻밖에도
그동안 내 시가 강제로 잡고 있던 사물들이

내 생각의 볼모에서 풀려나 제자리로 돌아갔다
드디어 시인이라는 이름으로 자행했던
그동안의 악행이 드러나는 순간이다

나는 그동안 몸값도 주지 않고 볼모 잡은 사물들
에게
어떤 용서를 빌어야 할까
김춘수나 오규원 시인이 그랬듯이
시에게 '무의미'나 '날이미지' 같은
순수한 이름을 붙여주는 일이 진정한 속죄가 될
까

2016년 6월 3일은 내 시가 내게서 풀려난 날이다
윤동주 시인이 일본 후쿠오카 형무소에서
자신의 슬픈 시를 버리고
멀고 먼 세상으로 떠나갔듯이
그동안 내 곁에서 나를 위로하던 시들은 나를 버
리고

어디론가 떠나가 버렸다

나는 그들에게 뜻밖의 자유를 주고 비로소 거지
가 되었다
그동안 내 시가 볼모로 잡고 있던
세상의 모든 사물들에게 지불할 만한 몸값이 내
겐 없다

이제 내게 남은 시의 자산은 오직 가난뿐이다

*랜섬웨어Ransomware, 컴퓨터 사용자의 파일을 인질로 금전
을 요구하는 악성 프로그램을 지칭하는 용어. 영어로 '몸값'을 의
미하는 'Ransom'과 '소프트웨어software'의 'Ware'를 합성한 말
이다.

처마 끝

사랑의 말은 지상에 있고
이별의 말은 공중에 있다

지상이 뜨겁게 밀어올린 말이 구름이 될 때
구름은 식어져서 비를 내린다

그대여
이별을 생각할 때 처마 끝을 보라
마른 처마 끝으로 물이 고이고
이내 글썽해질 때
물이 아득하게 지나온 공중을 보라

이별의 말은 공중에 있다
공중은 어디도 길이고
어느 곳도 절벽이다
공중은 글썽해질 때 뛰어내린다

무언가 다 말을 하지 못한 공중은

지상에 닿지 않고 처마 끝에 매달린다
그러곤 한 방울씩 아프게
수직의 말을 한다

수직의 말은 글썽이며 처마 끝에 있고
그 아래
지느러미를 단
수평의 말이 멀리 허방을 보고 있다

구릿빛 지느러미는 비린내가 나지 않는다

보이지 않는 세계를 환하게 빛나게 하는 별

유성호(문학평론가)

1. 서정시의 원심력과 구심력

서정시는 특유의 함축적 언어와 역동적 상상력을 통해 우리로 하여금 일상적 삶에서는 불가능한 존재 전환을 꾀하게끔 독려해준다. 시를 쓰고 읽는 동안 시인이나 독자는 물리적 현실을 한껏 벗어나 전혀 다른 존재 방식으로 상상적 이동을 욕망하게 되는 것이다. 이때 상상적으로 구현되는 존재 방식은 탈일상의 원심력을 통해 힘껏 바깥으로 나아갔다가 다시 실존적 상황의 안쪽으로 귀환해 들어오는 과정을 어김없이 밟아간다. 이를 두고 서정시의 현실 구속력이라고 잠정적 명명을 내릴 수 있을 것이다. 이러한 서정시의 원심력과 구심력의 끊임없는 교차 과정은 언제나 시인 자신의 경험 속에서 궁극적인 자기 발견의 순간을 이끌어간다. 박남희의 네 번째 시집『아득한 사랑의 거리였을까』는 등단 20년을 넘어선 중견 시인의 잔잔하고도 내밀하지만, 그 안에 만만치 않은 회귀와 발견의 감각이 담긴 미학적 결실이라고 할 수 있을 것이다. 그는 이번 시집을 통해 자신의 새로운 존재 방식과 시 쓰기의 의미를 개성적으로 찾아가는데, 가령 "만나지도/버리지도 못하는 것/그러면서 끝없이/그리워하는 것//그것이 시일까?"('시인의 말')라고 스스로 말하고 있듯이 '만남'과 '버림' 사이에서 시인으로서의 존재론을 적극적으로 탐구해가고 있다. 그렇게 쓰이는 박남희의 시는 우리에게 서정시의 원심력과 구심력을 동시에 보여주는 감동적 범례로 각인되어 간다. 이제 그 세계 안으로 천천히 한 걸음씩 들어가 보도록 하자.

2. 어둑한 기억과 아득한 사랑

재차 강조하지만, 서정시는 역동적 상상력을 통해 일상에 편재遍在한 불모성을 치유하면서 우리로 하여금 새로운 발견 가능성을 꿈꾸게끔 해주는 언어 양식이다. 그것은 시인 스스로의 경험을 재생하는 기억의 원리를 통해 사물의 질서가 가지는 생성과 소멸의 양상들을 두루 반영한다. 그럼으로써 일출의 활력을 그려내는 것도 중요하지만 일몰의 잔광殘光을 형상화하는 데도 서정시의 호환할 수 없는 미학적 몫이 엄연히 있다는 것을 환하게 증명해낸다. 박남희의 시는 자신만의 구체성 있는 상상력을 통해 세계와 내면에서 일고 무너지는 감각과 사유를 다양하게 재생하고 반영하는 데 정성스러운 공을 들인다. 그 감각과 사유는 삶의 경이로운 발견 과정을 현상하는 쪽으로 작용하는데, 이때 그의 시는 우리가 무심하게 지나치거나 가벼이 여길 수 있는 현상이나 사물에 독특한 체온과 색상을 부여함으로써 시인 고유의 명명命名 특권을 아름답게 펼쳐간다. 다음 작품을 먼저 읽어보자.

> 저녁은 부르지 않아도 온다
> 내가 원하지 않는 것이나
> 내가 모르는 것까지 거느리고
>
> 나에게 오지 않는 듯
> 내게로 온다
>
> 저 저녁을 군단이라고 불러야 하나
> 망각이라고 불러야 하나
>
> 싸움은 부르지 않아도 온다

망각을 데리고 온다

꽃의 표정에 물들지 않은 것은 없다
꽃의 치사량에 가까이 가본 계절은 없다

꽃을 보내고
그냥 마음이 말없이 어둑해져
오지 마,
저녁을 슬쩍 밀면
그 뒤에 숨어 있던 꽃이 슬쩍 밀린다

—「저녁을 슬쩍 밀면」 전문

　이 시편은 '저녁'이라는 시간이 주는 여러 차원의
감각을 잘 보여준다. 가령 저녁은 분주함과 활력이
모두 가라앉으면서 존재자들이 모두 제자리로 돌아
가는 침잠과 회귀의 시간일 것이다. 우리가 원하지
않고 알지 못하는 것까지 모두 저절로 다가와 우리
의 기억과 망각을 부풀리고 마는 저녁은 어쩌면 "오
지 않는 듯" 오기도 하는 것이다. 이때 시인은 꽃의
표정과 치사량에 가까운 매혹을 밤의 시간으로 흘려
보내면서 말없이 어둑해지는 저녁을 슬쩍 밀어본다.

그 순간 "숨어 있던 꽃"은 슬쩍 밀리기도 하면서 저녁이 주는 '망각'과 '말 없음'과 '어둑함'을 끝없이 이어갈 것이다. 그렇게 시인은 "죽어서 말이 없는 자와/살아서 눈물 흘리는 자가 흘려보낸 시간"(「이제는」)처럼, "울어서 저 혼자 붉어지는 저녁 강"(「순천만 갈대」)처럼, 존재의 무게와 깊이를 동시에 느끼는 순간을 아득한 기억의 유장함으로 담아낸다. 다음은 어떠한가.

반짝인다는 것은 둘레를 지우는 일일까

눈물은 글썽여 제 둘레를 지우고
바람은 반짝이는 것들의 몸속 빛을 풀어
그 둘레를 지운다

너를 처음 본 순간,
세상의 둘레가 온통 허물어져
모든 것이 캄캄하게 보이던 그날,

내 눈의 둘레는 한없이 허물어져
너는 한 떨기 백합이었다가, 돌연
제 속살에 마음 번지는 능소화였다가

그 자리에 덩그러니 한 채
글썽이는 속 깊은 우물을 남겨놓았다

글썽이는 우물과
그 속에서 깊어지는 별 사이의 거리가
내가 너를 바라보던 아득한 사랑의 거리였을까

사랑은 종종 완강한 꽃의 둘레를 헐어
새벽하늘 개밥바라기별보다 더 크게 글썽이는
우물 한 채를 보여준다

—「둘레를 지우는 일」 전문

　저녁을 슬쩍 미는 것처럼 둘레를 지우는 일 역시
존재의 수심水深을 살피는 행위일 것이다. 스스로 반
짝이는 것이나 눈물 글썽이는 일은 모두 제 둘레를
지워간다. 바람은 반짝이는 것들의 몸속 빛을 풀어
역시 그 둘레를 지운다. 그때 시인은 "세상의 둘레가
온통 허물어져/모든 것이 캄캄하게 보이던" 순간을
떠올린다. '너'를 처음 본 순간 눈의 둘레가 한없이
허물어진 것이다. 둘레가 사라진 '너'는 스스로 '백
합'으로 돌연 '능소화'로 변모하면서 "그 자리에 덩그러니 한 채/글썽이는 속 깊은 우물"을 남긴다. 그렇게 남은 "글썽이는 우물과/그 속에서 깊어지는 별 사이의 거리"야말로 아득한 "사랑의 거리"가 아닐 것인가. 이처럼 '사랑'이란 꽃의 둘레를 헐어 "크게 글썽이는/우물 한 채"를 남기는 것이다. "네가 올 때 내 몸은 너와 함께 흔들려/네 윤곽을 잃어버리기도"(「화조도花鳥圖」) 했던 것처럼 "사랑했던 것들이 다녀간/둥글고 아늑한 어둠"(「길에 관한 편견」)을 안아들이는 박남희 시인의 품과 격이 한없이 깊고 높게 다가온다.

근원적으로 말해 서정시는 시인이 스스로를 탐색하고 성찰하는 이른바 자기 확인의 예술 양식이다. 그 점에서 서정시의 가장 깊은 창작 동기는 일종의 자기 확인 욕망이고 자기 확인에 수반되는 두려움과 설렘일 것이다. 이때 그러한 성찰과 확인을 가능케 하는 힘이 '기억'일 터인데 서정시의 '기억'이란 시인이 스스로 지나온 시간을 형상화하려는 의지에서 비롯되는 것이고 항상 시인 스스로의 경험에서 유추할 수 있는 역동적 형상을 담아가게 마련이다. 하지만 반드시 '시적인 것'이 사물과 기억의 유비적 analogical 관계에 멈추어 있는 것은 아니다. 그것은 사물을 기억에 실어 표현하는 것으로도 나타나지만,

사물 자체가 품은 고유한 속성 자체에서도 나타나기 때문이다. 사물과 기억의 유추적 결합을 지향할 때 박남희의 시는 한결 성찰적으로 되고, 사물 자체의 속성을 드러낼 때 그의 시는 더욱 섬세하고 빛나는 언어 감각을 보여준다. 이처럼 박남희의 시는 어둑한 기억과 아득한 사랑이 충실하게 결속하면서 펼쳐져 간다. 이러한 경향은 이번 시집에서 더욱 선명하게 확장되면서 삶과 시의 심층에 대한 지극한 애착으로 번져간다. 그리고 이러한 기억과 사랑의 에너지는 각 각 확연한 원심과 구심을 이루면서 시인으로 하여금 자신의 시 쓰기를 지속하게끔 하는 힘이 되어준다. 그 세계의 귀일점이야말로 박남희의 시적 지남指南을 가능하게 해준 둘도 없는 동력이었을 것이다.

3. 메타적 자의식을 통해 바라보는 시 쓰기의 밑 바닥

　박남희는 경험적 구체를 통해 삶을 투명하게 반추 하기도 하고 새로운 세계에 대한 간접 경험을 풍요롭 게 하기도 한다. 이러한 복합적 방법으로 그는 자신 만의 시를 써간다. 그래서 우리는 그의 시를 통해 서정시가 대상을 향한 한없는 매혹을 가진 채로 쓰이는 것이고, 그중에서도 시인 자신의 시 쓰기 작업에 대한 끝없는 메타적 상상과 열망을 토로하는 양식임을 알아가게 된다. 그 매혹의 일차 대상은 사물로 나타나지만, 시인은 그 가운데서도 삶의 원형이랄 수 있는 것들을 적극 불러내 그 안에서 완성되어갈 시인의 존재론을 노래한다. 서정시의 목표가 시인 자신의 절실한 자기 확인 욕망에 있다 할지라도 이때 시인은 내면과 사물 사이의 날카로운 균열 양상을 포착하면서 자신의 시 쓰기 작업을 근원적으로 탐색해가는 균형 감각을 보여주는 것이다.

> 한낮을 뜨겁게 태우던 저녁 강이
> 해에게 말하듯
> 불이 물에게, 물이 불에게 작별 인사할 때는
> 물같이도 불같이도 말하지 말기
> 꼭 돌멩이처럼만 말하기
>
> 바람을 버리고 떠나는 쓸쓸한 계절을 향해
> 작별 인사 하는 법을 몰라 눈물이 날 때
> 말하지 않아도 단단한 말,
> 듣지 않아도 외롭지 않은 말

꼭 돌멩이처럼 말하기

돌멩이는 몸 전체가 입이라서
하루 종일 떠들어댈 것 같지만
입 하나 있는 것이, 그것도 벙어리라서
하루 종일 아무 말도 안 하고 다만
무겁게 안으로만 말을 한다는데,

사랑아, 네가 나에게 마지막 말을 할 때는
그립고 보고 싶어
자꾸만 목이 메어와도
꼭,
돌멩이처럼만 말하기

아니, 아니,
왈칵, 눈물이 나도
그냥,
돌멩이로 말하기

— 「돌멩이로 말하기」 전문

'돌멩이로 말하기'란 돌멩이처럼 말하는 것일까,

아니면 돌멩이가 되어 돌멩이의 목소리로 말하는 것일까. "한낮을 뜨겁게 태우던" 시간이 지나고 저녁이 되어 강은 해에게, 불은 물에게, 물은 불에게 작별 인사를 한다. 그때 시인은 "물같이도 불같이도" 말고 "꼭 돌멩이처럼만 말하기"를 우리에게 권면한다. 말하자면 "말하지 않아도 단단한 말" 혹은 "듣지 않아도 외롭지 않은 말"은 꼭 돌멩이가 할 것만 같으니, 우리도 돌멩이처럼 "하루 종일 아무 말도 안 하고 다만/무겁게 안으로만 말을" 해야 한다는 것이다. 특별히 사랑하는 이가 떠나며 건네는 작별 인사의 경우 즉 "네가 나에게 마지막 말을 할 때"는 아무리 목이 메어도 "돌멩이처럼만" 말해야 한다. 아니 아예 "돌멩이로 말하기"를 해야 하는 것이다. 그러니 제목 '돌멩이로 말하기'는 돌멩이처럼 말하지 않음으로써 말하는 것이기도 하고, 돌멩이가 되어 묵언默言 그 자체가 되는 것이기도 한 셈이다. 그러니 자신이 써가는 '시詩' 역시 '돌멩이로' 말함으로써 "몸이 중얼거리는 것을 받아적는"(「그림자 일기」) 행위의 결실이 아니겠는가. 아니 "백지가 되기 위해 걷는"(「니벨룽」) 것일 터이고 그저 "나는 누군가에게 읽히기 위해/나만의 이야기 방식으로 살아 있는 것"(「물방울 서사」)이 아니겠는가.

결국 박남희는 "시를 쓰는 일은 폭풍을 잠재우는 일"(「사무사思無邪」)이고 자신은 침묵을 유지하고 "청중을 들이는"(「청중을 들이는 시간」) 시인임을 고백해간다. 이처럼 박남희는 스스로의 시 쓰기 작업에 대한 메타적 사유를 진행하여 '시인'의 의미를 스스로에게 묻는다. 말하자면 시 쓰기에 대한 깊은 자의식으로 시집을 출렁이게 하고 있는 것이다. 인간이 언어가 형성해주는 현실만 알 수 있다는 점에서 본다면, 우리는 박남희의 시를 통해 언어의 도구적 기능을 넘어 언어 자체의 메타적 속성에 대한 탐색에 공을 들여가는 과정을 경험하게 되는 것이다. 이 점, 매우 자각적이고 자기 귀환적인 서정의 원리에 충실하면서도 시인으로서의 발견 욕망을 보여주는 투명한 축도縮圖가 아닐 수 없다.

이것은 나의 갈필로
세상의 모든 여백 위에 쓰고 싶은 이야기이다

나를 계절이라고 말한다면
나는 나를 버리겠다
나의 바람을 버리고 나의 이파리를 버리고
나를 바라보고 있던 모든 눈들을 버리겠다

나는 때때로 버림받을수록 단단해진다
나를 상처라고 말한다면
그 상처 속에 숨어 있던 것들을 세상에
떠도는 이야기로 풀어놓아
이야기 속의 모든 목소리가 더 이상
상처를 말하지 않을 때까지
나를 버리고 버리고 버리겠다

나를 버리고 나면
그 맨 밑바닥에서 말없이 고여오는 것을
더 이상 눈물이라고 말하지 않겠다

그동안 갈피를 잡지 못하고 살아온 내 삶과 사랑
에 대해
내 안을 드나들던 모든 바람과 꽃들에 대해
묵을 버리고 허공을 버리듯

더 이상 가엾지 않은 나를
무심코, 우연히 버리기 위해,

　　　　　　　　　　　　—「갈필渴筆을 잡다」 전문

'갈필渴筆'이란 뻣뻣한 털로 만든 붓을 지칭하기도 하고, 의미를 확장하여 수묵화에서 물기가 거의 없는 붓에 먹을 조금 묻혀 사용하는 화법을 말하기도 한다. '갈필을 잡다'라고 했으니 이는 앞에서 말한 '돌멩이로 말하기'와 기율이 유사한 '시 쓰기'를 은유한 것이기도 하고, '갈피를 잡다'에서 연상되는 언어유희pun를 활용함으로써 어떤 실존적 함의를 불어넣으려고 한 것이기도 하다. 시인은 "나의 갈필로/세상의 모든 여백 위에 쓰고 싶은 이야기"를 상정한다. '계절'을 버리고 '바람'을 버리고 '이파리'를 버리고 궁극에는 "나를 바라보고 있던 모든 눈들"을 버리겠다고 한다. 이 도저한 '자신 비우기'의 연쇄는 버림받을수록 단단해진 기억을 바탕에 깔고 있고, "상처 속에 숨어 있던 것들"을 이야기로 풀어놓음으로써 그 상처가 다시는 발화되지 않을 때까지 스스로를 끊임없이 버리겠다고 하는 다짐을 배경으로 삼고 있다. 그렇게 버리고 나면 바닥에서 말없이 고여오는 것이 곧 박남희의 '시'일 것이다. 시인은 "그동안 갈피를 잡지 못하고 살아온" 삶과 사랑에 대해 "묵을 버리고 허공을 버리듯" 갈필을 잡겠다고 한다. 이는 "나는 한때, 별똥별 같은 시인이 되리라 마음먹었지만/그동안 내 몸을 산화한 불같은 시를 한 편도 쓰지 못했다"(「꼬리표」)는 아픈 자각과 함께 "눈물 글썽한 시"
(「사무사思無邪」)를 넘어 "내 시가 한 편 써지는 시간
이 나에겐/나를 넘어서는 시간"(「나를 넘어서는 시
간」)이 되게끔 하겠다는 다짐을 담고 있는 것이다.
그렇게 '시인 박남희'는 "시인이 시를 낳고 시가 다시
시인을 낳듯이"(「수평선을 낳는 것들」) 스스로의 삶
과 사랑을 다잡고 "소리의 행방을 찾고 있는 그늘을
말하려는"(「환유 악기점」) 의지를 통해 "내 몸이 녹
아 사라진 뒤에 남는 것"(「동굴의 기억」)을 희원하고
있는 것이다.

　모든 시 쓰기는 지나온 날들의 사실적 재현이 아
니라 시인의 현재형에 의해 선택되고 구성된 기억을
고백하는 데 일차적 바탕을 두고 있다. 그래서 시인
이 선택하고 구성하는 기억이란 시인의 현재적 욕망
과 닮아 있게 된다. 박남희는 이러한 과정을 통해 세
상이 살 만한 곳임을 근원적 터치로 보여주면서, 삶
의 고통과 지난날에 대한 기억 충동을 배면에 깔면
서도 자유로워진 화법과 실감으로 그것을 안아 들인
다. 결국 그는 언어예술로서의 '시'를 향한 강렬한 자
의식을 통해 '시 쓰기'의 밑바닥을 들여다보는 시인
인 셈이다.

4. 경험적 실감을 통해 가닿은 새로운 형이상학

박남희의 이러한 각별한 기억과 고백 행위는 결코 퇴행적 자기 위안으로 나타나지 않는다. 오히려 그의 내면 탐구 과정은 새로운 존재론적 생성을 예비하고 있다는 점에서 전향적이요 자각적인 것이라고 할 수 있다. 물론 이러한 내면 탐구 이면에 과거에 대한 그리움이 가로놓여 있다는 점을 놓칠 수는 없을 것이다. 따라서 우리는 깊은 존재론적 생성 안쪽으로 시인 자신의 그리움이 개입해 들어오는 과정 자체를 바라보면서 동시에 베르그송H. Bergson이 말한 "지속의 내면적 느낌"이라고 부를 만한 현재형의 시간이 시인 스스로의 삶에 엄연히 존재함을 발견하게 된다. 그 발견 과정과 결실이 다음 시편에 선연하게 나타난다.

> 시는 완성되었을 때 시인을 떠나지
> 자신이 얼마나 불완전한 존재인지도 모르고
> 시인을 버리지
>
> 시인의 고정관념을 버리고
> 시인의 논리를 버리고

시인의 눈물을 버리지

버리고 버리고 더 이상 버릴 것이 남아 있지 않을
때

시는 바람에게 구름에게 새로운 말을 걸지
아무도 알아들을 수 없는 방언으로
잊힌 시인을 호명하듯
새들에게 절벽에게 말을 걸지

시인이 아주 보이지 않을 때
시는 비로소 자신의 불완전함을 깨닫고
스스로 시인을 찾아 나서지
시인의 눈물이나 논리의 반대 방향으로
새로운 말의 질서를 찾아 나서지

거꾸로 말해도 바로 들을 수 있는 귀와
그림자로 말해도 실체를 볼 수 있는 눈과
점자로도 눈물을 읽어낼 수 있는 손톱을
이리저리 찾아 나서지

그게 허공이라는 거야

종종 환청이 혼잣말을 하지만

날개는 완성되었다고 생각될 때 나무를 떠나지
자신이 얼마나 불완전한 존재인지도 모르고
나무의 둥지를 버리지
둥지가 자라서 왜 울음이 되는지
새 속에 왜 시가 들어 있는지도 모른 채
허공에 뾰족한 생각의 부리를 묻지

— 「허공을 다른 말로 말하면」 전문

  '시'는 완성되었을 때 시인을 떠나는 어떤 것이다.
그때 '시'는 비로소 독자들의 몫이 되기도 하고 어
쩌면 시인 스스로를 독자로 만들지도 모른다. 어쨌
든 '시'는 스스로 불완전하면서도 시인의 '고정관념'
과 '논리'와 '눈물'까지 모두 버리는 단호함을 택한다.
"아무도 알아들을 수 없는 방언"이 되어 한편으로는
"잊힌 시인을 호명"하고 한편으로는 새로운 사물에
게 비로소 말을 건넨다. 시인이 보이지 않을 때면 자
신의 불완전함을 비로소 깨닫고 시인을 찾아 나서기
도 한다. 하지만 '시'는 시인과 반대 방향으로 "새로
운 말의 질서"를 구축해가는 것을 핵심 속성으로 삼

는다. 여기서 '새로운 질서'란 '거꾸로/바로', '그림자/실체', '점자/눈물' 같은 대립항을 소멸시키면서 그 모든 것들이 함께 공존하는 거소居所로서의 '허공'을 지칭하는 것이다. 날개가 완성되었다고 생각할 때 나무와 둥지를 버리고 '새'가 허공으로 떠나는 것처럼, 시인도 그러한 질서를 만들어낸 후 '시'를 떠나 허공에 거할 것이기 때문이다. 여기서 둥지가 자라 울음이 되고, 새 안에 시가 들어서고, 허공에 생각의 부리를 묻어가는 과정이야말로 박남희 버전의 '시'를 향한 삶의 은유가 되고 있는 것이다. 그러니 '허공'을 다른 말로 하면 시인의 본향이 되지 않겠는가. 이처럼 박남희 시인은 "길을 걸어가다 길이 사라지는 꿈" (「니벨룽」)을 통해 "제 안에 숨어 있던 투명한 길을 풀어내고"(「임걸령」) 있다. 그 '길'이 시인에게는 "수직의 길을 빛으로 밀어 올려"(「모르고도 아름답다」) 가닿는 시 쓰기 과정일 것이다. 이항대립적으로 구획되었던 인식론적 단절 양상을 시인은 이렇게 해체하고 재구성하면서 이제 '실체/그림자'가 한 몸으로 존재하는 것이 삶이라는 생각에 다다른다. 다음 작품은 박남희의 시가 이른 이러한 궁극적인 존재론적 사유를 가장 선명하게 보여준다.

그는 실체가 보이지 않았다 그림자만 보였다
그림자를 따라갔다
그림자의 형상보다 그림자를 끌고 가는 그가 궁
금했다
그런데 그는 끝내 얼굴을 보여주지 않았다
그림자로 말하고 그림자로 웃었다
난해한 방언 같았다

나는 고개를 들어 그림자를 만드는 빛을 보았다
빛은 캄캄했다 그림자를 자주 놓쳤다
내 망막 속에서 그림자가 어른거렸다
내 안의 그림자를 따라갔다
어렴풋이 그림자의 주인이 만져졌다

너무 눈이 부셔 캄캄한 빛과
만져지는 그림자 사이에 내가 있다
너무 환해서 보이지 않던 그를 처음으로 만졌다
그는 만져지는 그림자였다

나는 그림자 속 그의 둥근 얼굴과
오뚝한 코와 두툼한 입술을 만졌다
그림자 속에 숨어 있던 나를 느꼈다

그와 나 사이에 그림자가 있었다
그의 그림자와 내 그림자가 겹쳐져 있었다
자세히 보니 그림자는 하나였다

그림자는 뚜렷한 목소리로 나에게 말을 건네며
어디론가 움직이기 시작했다
부지런히 그림자를 따라갔다
멀리 희미하게 말이 지나간 통로가 보이고
뚜렷한 이목구비처럼 그림자의 주체가 느껴졌다

— 「그림자를 따라갔다」 전문

실체는 보이지 않고 그림자만 보이는 존재는 가상
假像에 가까운 것이지만, 그래도 시인은 그 '그림자'를
정성스럽게 따라가 본다. "그림자의 형상" 자체보다
그것을 끌고 가는 '그'라는 존재가 더 궁금했기 때문
이다. 끝내 얼굴을 보여주지 않으면서 '그'는 그저 '그
림자'로 말하고 웃을 뿐이다. 모든 것이 "난해한 방
언" 같다. 앞에서 시인은 아무도 알아들을 수 없는
방언을 '시'로 비유한 바 있는데, 그것은 여기서 한
걸음 더 나아가 '그림자'를 만드는 캄캄한 빛으로 변

모하면서 "내 안의 그림자"를 보이게끔 해준다. 그 순간 "캄캄한 빛"과 "만져지는 그림자" 사이에 존재하는 시인의 모습이 또렷이 보이게 되고, '그'는 "만져지는 그림자"로 몸을 바꾸게 된다. 시인은 그림자 안에 있는 '그'를 만지면서 "그림자 속에 숨어 있던 나"를 발견하게 되는데, '그'와 '나' 사이에 생겨난 그림자로 인하여 '그'와 '나'는 불가분리의 몸을 얻게 되는 것이다. 이처럼 시인은 그림자의 목소리가 남긴 "멀리 희미하게 말이 지나간 통로"를 통해 "그림자의 주체"를 구축해낸다. 그림자를 따라가서 그림자를 만지고 발견하여 종내는 "그림자의 주체"에 이르는 사유의 도정을 자신의 인식론적 도정으로 환하게 드러내 보여준 것이다. 이러한 사유 앞에서 우리는 "버릴 때 잔은 보인"(「루빈의 잔」)다거나, "보이지 않는 것을 연주하는 것이 음악"(「어떤 음악」)이라든가, "어둠은 안팎이 따로 없다"(「물의 심리학」)는 역설의 이치들을 온몸으로 받아들이게 된다.

우리가 보았듯이, 박남희 시인은 서정시가 사유할 수 있는 기존의 형이상학을 현저하게 새로운 구상構想으로 바꾸어가면서 그 안에 담긴 견고한 사유 방식을 허물어가고 있다. 그리고 그 안으로 구체적 감각과 사유를 개입시키면서 가장 심원한 삶의 이법理

法에 이른다. 비록 "이제 내게 남은 시의 자산은 오직 가난뿐"(「랜섬웨어」)이라고 말하기는 하지만 박남희는 이렇게 자신만의 치열한 상상력을 통해 오랫동안 자신 안에 축적해왔던 시적 사유의 극점을 보여준다. 이를 일러 새로운 삶의 인식론이라 불러도 좋을 것이다. 추상보다는 구체를 통해, 상상적 미감보다는 경험적 실감을 통해 가닿은 새로운 형이상학이라고 해도 좋을 것이다.

5. 향원익청香遠益淸으로 개척해간 미학적 결실

박남희는 삶과 시의 심층으로 내려가 그곳에서의 시간과 내면의 파동을 정성스럽게 바라보고 담아내는 시인이다. 사실 모든 사물은 도구적 이성이 규율하고 서열화하는 합리성과 효율성의 잣대에서 근본적으로 자유로울 수 없다. 이때 합리성과 효율성은 자체의 맹목적 지향으로 인해 시인의 심미적 감각을 가두어두려고 한다. 이러한 흐름 안에서 우리는 존재 자체와 온전히 만날 수 없고, 삶과 시의 심층은 근원적 가능성으로 충만하지 못하고 결핍과 부재와 불모의 상관물로 파악될 수밖에 없다. 이때 우리는 새삼 서정시가 수행하는 고전적 상상력의 역할을 떠올리게 되는데, 박남희의 시법詩法은 가열한 실험 정신이나 전위적 자세와는 전혀 달리 이러한 고전적 시법을 느리고 더디고 성숙한 목소리로 개척해가고 있다 할 것이다. 그만큼 그는 "물의 아득한 깊이에서 꿈틀거리는, 물 안의 마음"(「메멘토 모리」)으로 세계를 마주하고 있다. 이제 우리는 이러한 결실을 통해 삶에 대한 근원적 위안을 얻게 되고 충분히 낯익은 그의 목소리를 통해 쉽게 망각하곤 했던 삶의 본령이나 궁극을 깨닫게 된다. 가파른 세계에서 자신을 일으켜 세우고, '만남'과 '버림'이 끊임없이 교차하는 토양에서 끝없이 시의 궁극을 그리워하는 박남희의 일관된 고투가 반가운 것도 이러한 까닭에서일 것이다. 그 점에서 박남희의 이번 시집 『아득한 사랑의 거리였을까』는, 이러한 고전적 언어를 향원익청香遠益淸으로 개척해간 미학적 결실이 아닐 수 없을 것이다. 그리고 우리는, 박남희 시인의 언어적 연금술이 더욱 심화되어 그 스스로 "어둠 속에 숨어 있던 보이지 않던 세계를 이끌어 올려 정수리에 환하게 빛나게 하는 별"(「백회라는 것」)이 되어주기를, 마음 깊이 소망해보는 것이다.

아득한 사랑의 거리였을까

2019년 08월 27일 1판 1쇄 펴냄
2020년 01월 20일 1판 2쇄 펴냄

지은이   박남희
펴낸이   김성규
책임편집   김은경 이계섭
디자인   김동선
펴낸곳   걷는사람
주소   서울 마포구 월드컵로16길 51 서교자이빌 304호
전화   02 323 2602
팩스   02 323 2603
등록   2016년 11월 18일 제25100-2016-000083호

ISBN 979-11-89128-47-0   04810
ISBN 979-11-89128-01-2   [04810] 세트

* 이 책은 2015년 한국문화예술위원회의 문예진흥기금을 보조받아 발간되었습니다.
* 이 책의 국립중앙도서관 출판시도서목록(CIP)은 서지정보유통지원시스템 홈페이지
  (http://www.seoji.nl.go.kr)와 국가자료공동목록시스템(http://www.nl.go.kr/kolisnet)에서
  이용할 수 있습니다. (CIP제어번호: 2019030674)